我的妹妹哪有這麼可愛！

16

黑貓if 下

伏見つかさ
Tsukasa Fushimi
Illustration・かんざきひろ

Kadokawa Fantastic Novels

第一章

我是高坂京介，一個極普通的高中生——夠了。

略過聽膩的自我介紹，馬上來開始前情提要吧。

暑假開始後，我和黑貓馬上被邀約參加「遊戲研究社」的宿營。

黑貓一開始以擔心家人這樣的理由，沒打算去參加宿營。

但是在獲得家人的幫助後，還是順利參加了。

我和黑貓在充滿自然的島上共度了相當長的一段時間。

在新幹線內相鄰而坐，在船的甲板上談笑，一起環島，取材充滿謎團的傳說，品嚐她做的料理，背靠著背泡湯，在同一個屋簷下過生活——

度過了超級歡樂的一個星期。

大量地玩樂，流著汗水工作，盡情地談戀愛。

就是這樣一個最棒的夏天。

然後某個夜晚。

——我喜歡妳。請跟我交往吧。

在華麗的煙火底下，我向黑貓告白了。

——好的。請多多指教了，學長。

她以開心的微笑接受了我的告白，然後我們就成為一對情侶了。

自己說出來真的覺得很害羞——不過，這就是至今為止的發展。

接下來，舞台將再次回到千葉……

我和黑貓的全新故事即將開始。

………………

照進房間的朝陽讓我的意識開始甦醒。

緩緩睜開眼瞼。最初看見的是自己房間熟悉的天花板。

這並不屬於度過一個星期的「三浦莊」。

所以……

「！」

我急忙跳了起來。看向貼在房間裡的七月份月曆。

確認宿營的日子畫著紅圈後，心情才稍微冷靜下來。

至少「遊研社曾經去宿營」是千真萬確的記憶。

沒錯。

我懷疑一切是不是都在作夢。

那就是一段如此不真實的旅程。

也是如同夢境般的日子。

最後甚至還交到可愛的女友……

「真是的……我也太丟臉了吧。」

打開放在桌上充電的手機，看起黑貓昨天晚上傳過來的訊息。

——呵……吾之愛人啊……今日社團活動是從下午一點開始。別忘了到場啊。

——結束之後就商量我們的「理想鄉計畫（Arcadia plan）」吧。

「……………哈哈。」

令人害羞的情書，溫柔且緩慢地把在胸口捲動的焦躁融化。

啊啊……對喔。

那不是作夢。

「黑貓她……真的……變成我的女朋友了。」

有生以來首次跟女孩子交往。

對於高坂京介來說，人生中第一個女友。

喜悅感一點一點地盈滿全身。

到底是怎麼回事呢？

原本以為自己是首次交到女朋友之後會手忙腳亂的類型。

意外的——竟然沒有盡全力High上了天的感覺。

雖然跟開始交往之後已經隔了一整天，所以稍微冷靜下來了……

不過應該也跟在那座島上緩慢流動的時間裡，仔細地培養出兩人的感情也有關係吧。

回想起來，那是短短一週的旅行。

但是卻有種活過一次人生般，永無止盡的漫長感覺。

濃厚的回憶就存在我的心中。

不再覺得像作夢一樣了。

我發誓要珍惜這旅行結束後獲得的寶物。

「好熱……天氣也太好了吧。」

我環視令人懷念的千葉街頭，同時緩步前行。

「哎呀，柏油路面太熱了吧。受不了……跟這裡比起來，島上涼多啦。」

目的地是我就讀的高中。當然現在正值暑假期間，但還是有社團活動。

遊戲研究社。跟在那座島上度過同一段時光的伙伴們製作新的文字遊戲。

對於現在的我來說，就算黑貓不在，它也是令人期待的活動。

然後還有另一件要事。

今天的社團活動裡，我和黑貓還有一件重要的任務要完成。

穿過正門，從柏油路面解放出來之後，暑氣瞬間減少許多。盡量走在陰影處的我終於抵達校舍。在飲水處補給水分之後就前往社團教室。

「大家好。」

打開門進入教室後，發現所有人都到了。

「啊，午安啊，高坂學長。」

「你好啊，學長。」

「哦，你來啦，兄弟。」

不斷有打招呼的聲音傳過來。

我就稍微介紹一下吧。

最先搭話的那個看起很正經的少年是真壁楓。他是二年級的學弟。

接著開口打招呼的紅髮眼鏡少女是赤城瀨菜。她是黑貓的同班同學，同時也是遊研最厲害的程式設計師。順帶一提，她也是隱性（最近毫不隱藏了）腐女。

再來是以裝熟的口氣打招呼的高瘦眼鏡男是三浦絃之介。他是遊研的社長，對我來說是第一個同性的御宅族朋友。

然後，然後然後然後！

畏畏縮縮看著我，正在尋找搭話時機的黑髮少女是——

「……午……午安啊……學長。」

我的女朋友，綽號黑貓的五更瑠璃！

她的身影映入眼簾的瞬間，我的情緒就急遽變得高昂。

雖然原本就覺得她「漂亮又可愛」了……！

——但今天的黑貓根本超級可愛吧？

我現在浮現了跟以前完全無法比較的想法。

難怪人家說腦袋裡的自言自語會讓人變笨而且不舒服。

因為實在可愛美麗又惹人憐愛到快受不了了。

剛才怎麼會說什麼「人生首次交女朋友竟意外地沒有很興奮」、「喜悅感一點一點湧出」。結果現在本人出現在眼前，情緒一瞬間就把我吞沒了！一瞬間喲！

好了，好了好了……稍微冷靜一下吧。

看來社員們正以包圍黑貓這樣的配置，開心地跟她聊著天。

「欸，現在是什麼狀況？」

裝出平靜的模樣，對離我最近的真壁這麼問道。

「呃……該怎麼說呢。」

他開始含糊其辭。這時代替他出聲的是瀨菜。

「那還用說嗎，高坂學長！我們正在偵訊瑠璃喔！」

「偵訊？什麼東西啊。」

稍微以眼神對黑貓發出「怎麼回事？」的訊息，結果她就羞紅了臉低下頭去。

得不到回答。只有太可愛了這樣的感想。

這時瀨菜像是要擋住我的視線一樣插身而入，以感興趣的口氣表示：

「唔呵呵，在社團活動開始之前，想先弄清楚『大家都超在意的事情』。所以才會圍住瑠璃試著從她身上打探消息啊。我看就直接問高坂學長吧——」

「你們兩個人在交往對吧？」

「——————咦？」

因為事出突然，所以忍不住發出脫線的聲音。

我以非常可疑的態度……

「沒有啦……那個……瀨菜？妳……為什麼問這種事？」

「咦～？」

瀨菜像要表示「為什麼會搞不懂」般……

「現在才提出這個問題會不會太晚了~？你們兩個人的關係原本就很可疑了，宿營的時候，不是努力用各種手段來撮合你們兩個了嗎？」

啊……嗯……是啦。

像是搭新幹線讓她坐我旁邊的位置，還設計了露天澡堂裡只有我們兩個人的情境。

在島上也安排讓我們兩個人一起行動的行程。

以受到我請託這樣的形式，在試膽大會時準備了作弊的抽籤。

大家真的幫了很多忙。

嗯……作弊的抽籤是誰的點子？好像不是瀨菜的樣子……？

……唉，算了。等等，不能算了……嗯，還是算了吧？

總而言之。

我和黑貓「互相在意對方」，早就被遊研的眾成員看出來了。但光是這樣，還是無法確定「我們兩個人開始交往了」吧？

瀨菜啊，這個部分妳要如何解釋？

「喂喂喂，祭典之後你們兩個人的樣子明顯變得很奇怪啊。一直在發呆，然後一下子眼神交錯就感到害羞，一下子又心不在焉地進入兩人世界——不論是誰都會浮現『啊，看來是在祭典裡告白了』、『兩個人開始交往了』的想法。」

「啊……」

「……嗚嗚。」

我和黑貓一起羞紅了臉。

瀨菜以微笑的眼神看著這樣的我們，接著噘起嘴來說道：

「大家都在等你們向我們報告喔。但是結果——到了今天都沒有跟我們說任～何消息——所以才有『好，那只能直接問了！』、『給我從實招來！』的情況，呵呵，事情就是這樣。」

「……謝謝妳簡單易懂的說明。」

其實我跟黑貓不是沒有談過這件事。

「要不要跟大家報告我們開始交往了」。

當然做出應該要報告的結論。

原本應該是這樣……

但我跟黑貓根本無暇顧及這件事。我們的精神狀態已經緊繃到極點了。

沒有啦，因為……像是回家路上還有新幹線裡面，昨天才剛告白然後開始交往的人生第一個女朋友就一直待在身邊喲！

什麼飄飄然啦、心情亢奮啦，問題根本是在這些之前啊。

我完全不知道該怎麼辦，感覺好像在作夢一樣。

然後就是今天早上糟糕的起床了。

「……呃……嗯，那個——喂……喂。」

在社員們集中的視線之下，我把目光移到黑貓身上。

「…………」

她用力閉上眼睛，已經羞到連耳根都紅了。

哦哦……看來是沒有多餘的心思說話了。

算了，原本就跟黑貓決定好要「說出來」了。

把它設定成「今天要在社團活動完成的重要任務」，鼓起勇氣後才來到這裡。

「抱歉這麼晚才向大家報告。」

我克服湧起的害羞感，開口做出發表。

「我們開始交往了。」

發出「哇」的歡呼聲。

「恭喜了，高坂學長、五更同學！」

「終於在一起了嗎！嗯，太恭喜了！」

「太好了，瑠璃！」
盛大的祝福氣氛，讓我跟黑貓都感到十分羞澀。
「……不……不會高興得……太誇張了嗎？」
「哈哈哈，抱歉，忍耐一下吧，五更、高坂。因為大家都很努力要撮合你們啊。這已經可以說是遊戲研究社的活動成果了。」
「真的很感謝大家。」
男生社員聚集在我周圍，接著不斷有祝福、揶揄，甚至是用力的手刀朝我飛來。另一方面，黑貓則是被少數女性社員包圍住，並且紛紛對她搭話。
「噯噯，瑠璃，你們約定好去約會了嗎？」
「為……為什麼我必須告訴妳們這些事情？」
「咦～？有什麼關係嘛！告訴我們啦～～！」
「……還沒喲。今天社團活動結束後……才想跟學長商量……」
「嗚咿～好恩愛喔！唔呵呵……說得也是。暑假還有很長一段時間，你們交往的時機真是太棒了！」
「……嗯。或許吧。」
「嗚哇，好幸福的表情～～連我都高興起來了——啊，對了，不嫌棄的話……我借妳能作為約會參考的雜誌吧？」
「請務必借給我。」
「嗚哇，突然就變積極了！那麼這個——幫妳在我推薦的地方打圈吧。」
想不到那個黑貓竟然會跟桐乃還有沙織以外的朋友進行那樣的對話。
看來旅行培養的不只有我們兩個人的關係。

之後參加社團活動的所有人就開始文字遊戲的製作。
關於這件事，我也大致介紹一下吧。
遊戲研究會裡，受到黑貓與瀨菜觸發的成員目前正在製作一款以小島為舞台的新文字遊戲。
我們實際到島上親自體驗生活，取材風土與傳說並且拍了照片。
社員們商量、檢討之後的結果——
決定製作以「天女傳說」為主題的文字遊戲。
對「天女傳說」做出各種解釋——也就是女主角可能是天使或者外星人。負責創作劇本的是真壁學弟與黑貓。
現在黑貓正執筆從天而降的少女——「槙島悠」的劇情。

使用社團教室的電腦，高速創作著劇情的她，有時候會停下手來讓我和其他人閱讀劇本，並且徵詢我們的意見。

這也是以前的黑貓不會做的行動。即使捨棄至今為止的自己，也要創作出一款好遊戲——可以感受到她這樣的心意。

黑貓和社員們專心製作遊戲時，我就整理宿營時大家搜集到的資料。像是排出背景候補，把調查的傳說做成附照片的報告，或者統整會議裡出現的點子等等。

我能做的事情並不多。

而且應該幾天內就能完成這些工作，如此一來，我就要把準備學測的工具拿過來了。

「…………」

我想盡可能待在黑貓身邊。

因為我們才剛交往，所以跟製作遊戲比起來，希望能以約會為優先——我完全不打算說這種話。

黑貓她——也完全沒有跟我說「抱歉讓你陪我製作遊戲」這種道歉的話。

跟戀人一起創作遊戲。

對我們來說這就跟約會……不對，是比約會更重要的事情。

因為這是很開心的事情。

像這樣能在默默無言當中共享價值觀讓我感到很高興。

就這樣……

到了傍晚，社團活動解散了。

現在只有我們兩個人留在社團教室裡。

窗簾輕輕飄動，橘色的夕陽照耀著室內。

「那麼，學長——」

以黃昏為背景的黑貓，用誘惑般的口氣說道：

「接下來就要宣布我的『理想鄉計畫』了。」

「嗯。」

我不會說「那是什麼啊？」。

我很清楚喲。因為是我女朋友的事情啊。

「是要訂定『暑假的計畫』對吧？」

「也可以這麼說。」

或許是自己創造的（Arcadia plan）名詞獲得理解的緣故，黑貓看起來很開心。

好！經過一個星期的旅行，我的中二病語言翻譯技能已經進步不少了。

黑貓依然用自我陶醉般的動作與口氣……

「首先……有件事得向學長道歉。沒錯，就是昨晚的事情……我用這雙紅色邪眼看透命運，並且記述於魔導書內……」

哎呀，難解的暗號出現了。

她又接著說：

「由於太過熱衷於創作遊戲劇本，所以只能——」

「完成一頁『命運之紀錄（Destiny record）』而已。」

「拜託講日文。」

抱歉，沒辦法完全共有價值觀。

「……以這個世界的語言來說嘛……呵，對了，大概就是記述不久的未來，等待著戀人們接受該種命運的預言書吧……然後也是按階段顯示為了實現我崇高『理想（Arcadia）』所該進行的『儀式（Ceremony）』。」

真是個麻煩的女人——不對，是我的翻譯等級不足，所以完全不知道她在說什麼。

但現在放棄還太早了。我可是這傢伙的男友。

試著更加努力地翻譯看看吧。

「呃……製作了『想要兩個人一起做的事情清單』——大概是這樣吧？」

「是按階段顯示為了實現我崇高『理想』所該進行的『儀式』喲。」

中二病的人都不喜歡自己說過的話遭到簡約。

哦，不過從反應來看……我翻譯的方向似乎沒有錯。

連我自己都嚇了一跳。到底是什麼時候開始能夠辨到這種事的呢？

唔唔嗯……只能說不愧是中二「病」，也有可能由人傳染給人。

如果是因此而可以理解心愛女友所說的話，那不論受到中二病怎麼樣的侵蝕我都會張開雙臂表示歡迎。

「那麼，嗯……『命運之紀錄』尚未完成。所以除了『想做的事情清單』外，要訂定接下來的暑假計畫——」

「『理想鄉計畫』。」

「——訂定『理想鄉計畫』。」

「是這樣沒錯……所以……對不起，學長。」

黑貓今天首次露出沮喪的態度。

「為什麼要道歉？」

「因為以製作遊戲為優先……結果輕忽了你。」

「笨蛋，那根本不用道歉。因為跟妳一起製作遊戲我也很開心。很高興妳能如此著迷於製作……我還以為妳了解我的想法呢。」

有些害臊地這麼說完後，黑貓就露出比我害羞好幾倍的模樣。

「……我確實……感受到了喲。」

「那就好——嗯，有了『命運之紀錄』的話，或許就能順利地推行『理想鄉計畫』了。」

這種說話方式真的有夠累人。

「所以希望妳能繼續記述命運的使命。」

「嗯，我了解了。」

「但不用急。以製作遊戲為優先。不管幾次我都要說，那樣做我也很開心。」

「……謝……謝謝。」

「然後呢，今天沒有完成可能反而是件好事喲。」

「怎麼說？」

黑貓瞪大了眼睛。我就對著這樣的她繼續說道：

「因為，如果沒有熱衷於製作遊戲的話……妳就打算自己一個人訂定暑假的計畫對吧？但不應該是這樣。」

「『命運之紀錄』……也讓我一起寫吧。」

「咦……？」

哼哼，嚇一跳了吧。我有點得意地繼續表示：

「兩個人一起寫比較有趣吧？」

「是——這樣嗎？」

露出茫然表情的黑貓，像是創作時接收到好點子的提案般開始沉思了起來。

「也是……呢……那樣比較……有趣。」

她抬起臉來露出些許微笑。

「學長，這是……很棒的點子。」

「對吧？所以呢……」

我從包包裡取出一疊活頁紙來交給黑貓。

「各自在家裡把『命運之紀錄』寫在這些紙上如何？然後接下來再讓它們合體。」

我繼續說明自己臨時想出的點子。

「一天寫一張……『想跟戀人做的事情』然後交給對方。接著再兩個人一起實行。約會結束之後，就把活頁紙收進活頁夾——等暑假結束就會變成一本書……妳覺得這樣如何？」

雖然黑貓說了什麼「魔導書」，但希望它能成為一本在遙遠的未來，我們兩個人一起回顧時能感到很懷念的回憶集。

聽完我點子的黑貓發出輕笑。

「呵呵……想不到學長意外地有少女心呢。」

「是……是嗎？」

我的創意很有少女味道嗎？

「等……等等，但是……這點子不錯吧？」

不在意開始發燙的臉頰，繼續訴求自己的創意。

「嗯，我覺得是很好的提議。非常……浪漫。」

「什麼啦，明明有同樣的想法。」

「我沒關係啊，因為我是女生。」

「太狡猾了。」

「呵呵呵……有個合得來的男朋友，我真是太幸福了。」

黑貓說出這樣的話之後，急速羞得連耳根都變紅了。

「自己說的還會害羞啊。」

「我沒害羞喲。」

黑貓突然把臉別開。

然後像要把事情帶過般改變話題。

「……啊，等一下……活頁紙的話，裝訂……會不適合『命運之紀錄』吧。嗯……對了，我來製作合適的活頁夾吧。」

「嗯，拜託妳了。」

「把它變成很棒的魔導書吧。」

「那還用說。」

這是什麼對話啊。

「呵……覺得越來越有趣了。學長真是讓我開心的高手。」

「太誇張了。」

「不，一點都不誇張。託你的福，『理想鄉計畫』有了很大的進展。」

「『理想鄉計畫（暑假的計畫）』嗎……那明天也能跟我見面嗎？」

「────」

原本是很普通的對話，她卻忽然僵住……

「當……當然了。」

然後以恭敬的口氣回答。

喂，中二病的態度怎麼消失了。

「我想每天都跟妳見面。沒有社團活動的日子也一樣。」

「就……就這麼辦吧。我也……想每天都……跟你見面。」

「……嗯。」

雖然遲了一會兒，但是我也了解黑貓緊張的理由。

約定好要見面，就跟找她去約會是同樣的意思。

和還是朋友的時候不一樣。

「……………」

「……………………」

我們就這樣默默地交換了一個微笑。

溫柔地揪緊心臟的感觸，讓人痛得很舒服。

跟首次告白的那個時候很像。

我咕嘟一聲吞了口口水，說了句「那麼」來進入主題。

「立刻讓我看一下『命運之紀錄』吧。妳寫完一頁了對吧？」

「是啊……跟你交往的話，有一件事是我一開始就想做的。」

她說完「這就是最初的記述喲」，然後從包包裡取出某樣物品。

「啊，等一下。」

我阻止黑貓，咧嘴笑著說：

「讓我猜猜看吧。」

「你看起來很有自信嘛。那就說說看吧。」

我點點頭，開口說出「交了男朋友的黑貓，比約會更想優先完成的事情」。

我以平穩的聲音繼續說道：

「向沙織報告我們開始交往吧。」

「嗯，馬上問她明天有沒有空。」

這一定是世界上最簡單的問題了。

然後到了隔天。

我們以「我們宿營結束了，出來玩吧」——這樣的名義把沙織找了出來。

「哦哦，京介氏、黑貓氏！好久不見了！」

秋葉原車站前。

很開心般揮著大手，朝著我跟黑貓跑過來的是沙織・巴吉納。

戴圓滾滾眼鏡、做阿宅打扮的超高挑御宅族少女。

對我、黑貓以及桐乃來說相當重要的朋友。

這樣的沙織，目前正用雙手包裹住黑貓的手然後劇烈地搖晃。

面對她像與生離的家人重逢般的喜悅表現，黑貓苦笑著表示：

「太誇張了……沒有到很久吧？」

「呵呵呵，說什麼啊！隔了一個多星期了不是嗎！明明是暑假卻無法相會——在下感到非常寂寞喔！」

這傢伙御宅族式的說話口氣讓人十分懷念。

真是不可思議。

明明一個多星期前才跟沙織見過面，卻有種隔了好幾年的感覺。

一定是因為旅途相當漫長，才會這麼想吧。

我、黑貓還有沙織都因為久違的重逢而打從心底感到高興。

「沒見到妳我也覺得很寂寞喲——為了慶祝再會，我們就熱鬧一下吧？」

「哎呀，真是令人高興的發言——唔呵呵，不過還是改天再『慶祝重逢』吧？」

「咦，為什麼呢？」

黑貓一這麼問，沙織就把嘴巴變成ω的形狀……

「其實在下也企劃要舉辦『重逢派對』喔。」

「真的太誇張了。」

黑貓發出很開心般的聲音。

「…………………」

在圓滾滾眼鏡遮擋之下，我看不見沙織的眼睛。

但不知道為什麼，她沉穩的感情還是傳遞到我們身上。

我對似乎已有腹案的隊長問道。

「那今天打算做什麼？」

「唔嗯，這個嘛……在下想去最近新開的店看看，你們覺得如何？」

「如果是沙織找到的店家，那應該沒問題。」

我也有同感。

一定會事先做好功課的秋葉原通。

這就是我們「宅女集合」的管理人，沙織．巴吉納。

就這樣。

跟平常一樣，在沙織的帶領下走在秋葉原街頭。

可以看到不少建設當中的建築物，實際感受到熟悉的街道景象急遽變化。

經常在轉變的街道。

這就是秋葉原。

「那麼，京介氏、黑貓氏，我們走吧！」

不變的或許只有御宅族的靈魂。

沙織找到的咖啡廳和「御宅族街道」的印象差距甚大，是散發出雅致、成熟氛圍的店家。

這只是我個人的感覺，不過最近的秋葉原，像這種時髦的店逐漸變多了。

雖然宅氣整個外露的沙織與黑貓顯得有些格格不入，但她們本人似乎完全不在意。

我跟黑貓並肩坐在沙織正對面。

吃過輕食後，我就把一個紙袋遞給沙織。

「這是宿營的伴手禮。」

「哦哦！真是太客氣了！我看看，犬槇饅頭……太棒了，是在下喜歡的食物！實在太感謝了，京介氏、黑貓氏！」

「呵……不用客氣。」

「我們去的是瀨戶內海一個叫做『犬槇島』的小島。」

「在下知道。因為那是也跟在下有點關聯的島。」

「咦，是這樣嗎？親戚住在那邊之類的？」

「類似啦。」

沙織做出曖昧的回答。

由於這個時候的我仍完全不清楚沙織的身分背景，所以沒有太在意——但思考到她的「姓氏」與「家庭」，說不定就能發現有更深的意義。

「之前或許曾說明過……這次是因為遊戲研究會的宿營，為了新文字遊戲的取材而前往島上。」

「是曾經提過黑貓氏擔任遊戲的編劇。那麼取材的成果如何？」

「獲得很大的成果喲。學長，你有把照片帶過來對吧？」

「有喔。」

我在桌子前面攤開宿營拍攝的照片。

從渡輪上看到的犬槙島。前往民宿的坡道。從坡道上俯瞰傍晚的大海。

正午時綠意盎然的山徑。長長石梯前方的鳥居——

一邊回味旅行的回憶，一邊看著照片。

望著遠方的黑貓先是閉上眼睛然後再打開來。接著重新看向沙織並且表示：

「有可以刺激創作慾望的傳說——開會也有進展，進行得相當順利喲。」

「那真是太好了……呵呵，妳看起來過得很充實呢，黑貓氏。」

「是啊——……我也這麼認為。」
黑貓雖然在宿營時建立了新的友情。
但提到閨密，果然還是沙織吧。能讓她如此放鬆並且開心聊天的對象就只有沙織。連我都辦不到這種事……老實說真的有一點點嫉妒。
等等……好像還有一個人哦？
哼，那個傢伙……現在不知道在做什麼。
啊～算了算了。想到就火大，不要再想那個傢伙的事情了。
接著黑貓就敘述宿營時發生的事情給沙織聽。
話題告一段落時……
「那麼黑貓氏，新遊戲是什麼樣的劇情？」
「我剛好也想聽聽妳的意見。可以請妳看一下資料嗎？」
黑貓從包包拿出一疊紙來，接著把它們遞給沙織。
沙織接過資料，用手指把眼鏡往上推。
「唔嗯，那我就拜讀嘍。」
竟然還散發出幹練編輯般的氣氛。
黑貓交給她的是記載了文字遊戲的故事大綱，以及角色設定的資料……

「哎呀？」

開始閱讀的沙織發出感到意外的聲音。

「黑貓氏，這個女主角的名字——」

「『槇島悠』喲。名字怎麼了嗎？」

「唔嗯……這個美少女，難道是以在下作為模特兒？」

哦，竟然開始得意忘形起來了。

應該是跟我有同樣的想法吧，黑貓以生厭的表情說道：

「啥？怎麼可能。別說那種讓人冷掉的話好嗎？」

「這麼說會不會太傷人了？」

「聽見朋友突然說『這個角色的模特兒是不是我？』，當然會覺得很噁心吧？」

「有……有必要說得如此難聽嗎！二……二位請聽我說！在下是有確實的理由才會這麼想的！」

「理由？」

「就是『槇島』這個姓氏！在下的本名是『槇島沙織』啊！」

「啥！」

令人驚訝的告白。

「『槙島沙織』……這就是妳的真名……」

黑貓也露出表演般的驚愕表情。

看見這種模樣的沙織……

「啊，妳果然不知道嗎？」

「怎麼可能知道。妳又沒告訴過我。」

「這個嘛，嗯……畢竟知道暱稱就夠了……而且也沒有表明的機會……」

是啦。我也只知道沙織叫做沙織·巴吉娜，然後確實這樣就夠了。

現在注意到了。說起來沙織也是有本名。

「哎呀～抱歉抱歉。在下就想……『黑貓氏不知道什麼時候得知了在下的本名，然後將其作為美少女角色的模特兒了！』。」

沙織像要掩飾自己的羞澀一般以手帕擦著汗。

黑貓點著頭回答：「聽到說明之後，稍微可以同意了。」

我大大地呼出一口氣……

「不過……槙島悠和……槙島沙織嗎？竟然有這麼巧的事情。」

「或許不完全是偶然喲。」

「妳的意思是？」

「沙織應該有親戚在島上吧？我是從島的名稱想出女主角的名字……」

「啊，這樣啊。」

仔細一想，才發現不是那麼不可思議的事情。

不過依然是相當奇妙的緣分。

沙織看著我們的對話，同時以微妙的表情搔著臉頰，最後像要轉變話題般說道：

「話說回來，黑貓氏、京介氏。在下有件事情一定得向兩位請教。」

「哎呀，什麼事呢？」

沙織發出「唔呵呵」的調侃般笑聲……

「照今天兩位比平時更加融洽的模樣來看，應該是在旅行的地點讓關係有了進一步的發展吧——」

「「…………………」」

完全被說中的我們一起沉默了下來，不停地開合著雙眼。

接著面面相覷。

「……怎……怎麼辦？要……要說嗎？」

「……那是當然……本來就有這種打算了……」

「但是步驟……竟然由紗織主動提出……完全出乎意料呀……」

「……妳臨機應變的能力太弱了吧……」

「可……可是……」

沙織看著小聲交談的我們，逐漸露出畏畏縮縮的態度。

「咦？那……那個……？黑貓氏？京介氏？在下剛剛是開玩笑的……………難……難道說……是真的？」

「嗯，我們開始交往了。」

結果是由我開口。

原本應該是由黑貓以自己所想的台詞來風風光光地報告才對。

結果聽見我們交往報告的沙織茫然張大了嘴僵在現場，整整過了十秒鐘之後……

「真的嗎？你們兩個——真的變成男女朋友了？」

「嗯，真的喔。怎麼可能對妳說謊。」

「……………嚇了人家一大跳。」

突然變成這種口氣是怎麼回事？但是又莫名符合目前的情境，讓人很難吐嘈耶。

沙織以認真的眼神望著我們兩個。

「很久之前，就覺得有一天可能會變成這樣了……啊啊……真是抱歉。請再給我一點時間整理一下心情。」

「這個……當然沒問題了。」

這是什麼口氣？黑貓似乎也很想開口詢問。

經過一段沉默的時間，最後沙織發出「咳咳」的乾咳聲。

然後「呼～」一聲吐出長長一口氣，接著……

「恭喜你們！京介氏、黑貓氏！在下祝福你們！」

她以平常的口氣這麼說道。

「嗯。」「……謝謝。」

我們兩個雖然害羞，還是接受了祝福。

結果錯失了詢問剛才那種大小姐口氣的時機。

因為沙織的語氣開始帶著寂寞的感情。

「……這樣的話，那麼像這樣的聚會也應該先暫停了吧。」

「不，我們沒有這個打算。」

黑貓堅定地這麼說道。這時她連瞄都沒有瞄我一眼。

「不用商量也知道你的想法跟我一樣吧」——沒錯，她是有這樣的確信。

另一方面，沙織則感到困惑。

「但你們才剛開始交往吧？應該每天都會想約會不是嗎？」

「是啊……剩下來的暑假，打算盡可能每天碰面。」
「那麼……」
「正因為這樣，才不打算減少我們的聚會。」
「……咦？」
「所謂的約會，是情侶一起前往開心的地方……也就是說，對我而言，今天也算是約會——學長你覺得呢？」
「我有同感。我也超開心的。能跟隔了一陣子沒見的沙織碰面，我真的很高興。」
「京介氏……黑貓氏……」
「啊……總之，該怎麼說呢……只要沙織不嫌棄，我們很歡迎像今天這樣的聚會。」
「剩下來的暑假……也能跟至今為止一樣，和我們一起出來玩嗎？」
宣告完兩人的想法後，沙織她……
「在下太感動了～～～～～～～～～！在下才要拜託你們呢～～～～！」
開心的她故意做出哭泣的模樣。
真的只是假裝哭泣嗎……我不會說出如此煞風景的話。
她以手帕擦拭眼鏡底下，重新確實戴好眼鏡後再次轉向我們。
「其實真的很害怕……有相同興趣而聚集的團體，因為交到男女朋友而離開……或者關係變得尷尬……也可能……發生這樣的情況。」

嚇我一跳……可能是首次看見沙織以如此軟弱的模樣說話。

「我擔心小桐桐氏離開後……連你們都跟在下疏遠的話該怎麼辦……」

「怎麼可能嘛。」

吶，妳說對吧？黑貓妳也說說她吧。

使了個眼色後，我的女友就說了句「笨蛋」並且對沙織露出溫柔笑容……

「要跟妳疏遠的話，我寧願跟學長分手。」

「沙織比我還重要嗎！」

「那還用說嗎——……嗳，也用不著哭吧。」

「我……我才沒哭呢！」

「好啦好啦，學長也很重要。跟沙織差不多。」

「太隨便了！對男朋友的態度太隨便了！」

目擊這種情侶間吵鬧的沙織……

「……在下真是個笨蛋。」

看起來相當開心。

之後——經過一番對話，我們就解散了。

我跟黑貓一起搭乘電車，在家裡附近的車站分別。

接著我沒有直接回家，而是繞到了田村屋。

就像黑貓對沙織所做的一樣，我也必須向某個人報告自己交了女朋友。

在房子前面打電話把那名女性叫出來。

「小京，歡迎光臨。」

田村麻奈實。戴著眼鏡的她，是我重要的溫柔且穩重的青梅竹馬。

「有事情想向妳報告。」

我立刻就拋出話題。結果麻奈實溫柔地笑著表示：

「是黑貓的事情嗎？」

「————」

「真是的，嚇過頭了吧。」

可以聽見輕笑的聲音。

還是說不出話來的我踩了一兩步踉蹌的腳步。

麻奈實依然像看透我的心思般……

「我知道喔。我就想一定是這樣吧。小京知道你和黑貓學妹已經在學校傳出謠言了嗎？」

「……略有耳聞。」

稍早之前可以說完全不知道。

但是被遊研的那群傢伙提醒過了。

我和黑貓傳出謠言了——

似乎有這樣的事實。

即使我本人很沒亮點，但黑貓她——是全校最可愛的啊。

經常跟男生在一起的話，一定會傳出謠言吧。

「所以嘍，我大概能想像出是什麼狀況了。」

是這樣嗎？不過麻奈實的觀察力原本就很優秀。

「參加遊研的合宿時被黑貓小姐告白了嗎？然後就這樣開始交往？」

「妳這傢伙也掌握太多情報了吧！」

這已經不是觀察力很好的等級了！

我的吐嘈讓麻奈實發出「哈哈哈」的笑聲……

「我從井上同學那裡聽說的。她是前遊研社員。也跟你們一起參加宿營了對吧？」

「……啊啊……是那個傢伙嗎？」

也參加了新遊戲製作，負責ＣＧ的半職業女性成員。

她就是情報來源嗎……

「麻奈實的朋友本來就很多了。」

「沒這回事。很普通喔。」

這傢伙從國中時期開始，就對校內的各種情報很熟悉了。

不擅長操作機械，連網路都不太會使用，卻是個情報通。

這種充滿矛盾的狀況之所以能夠成立，單純是因為麻奈實的朋友很多，而且都很信賴她。在學校裡，交情好的朋友之間都會共享情報。由無數社群所組成的復古人際網路實在不容小覷。

「不過，麻奈實。妳的情報有點錯誤。」

「咦？」

「告白的人是我。」

「…………」

麻奈實雖然沒有發出巨大聲音，但是看得出來相當驚訝。

她瞪大了眼睛並且不停眨著。

「是小京……主動告白的？」

「嗯，是啊。然後就開始交往了……現在就是到處向平常受到照顧的朋友們報告這件事。」

「……這……樣啊。」

麻奈實只這麼說完就沉默了下來。

她閉上眼睛，抬頭望向天空……

「嗯……………」

發出某種慵懶的聲音並露出陷入沉思的模樣。

由於這是我的青梅竹馬經常會出現的動作，我也就悠閒地等待著。

最後麻奈實開口，以無法窺知其內心的聲音說道：

「小京你變了。」

「是嗎？」

「嗯。我覺得變了很多。不是恢復而是變了。」

「妳這麼說的話，那大概是吧。」

因為不論什麼時候，麻奈實都是最了解我的人。

「嗯，以前的我跟現在的我就像完全不同的兩個人……繼續改變也不是什麼奇怪的事吧。」
「變太多了喔。明明上次見面之後才經過不久……卻好像經過好幾年才久違重逢一樣。現在的小京看起來很可靠喔。」
「太害羞了吧。為什麼突然稱讚我。沒有變那麼多吧。」
「如果那是因為黑貓學妹的關係……那真讓人不甘心。」
「不甘心？」
由於出現了不像麻奈實會說的發言，我忍不住瞪大了眼睛。
「嗯，不甘心。然後感到安心的自己更讓人不甘心。」
「妳在說什麼啊？」
「我一直認為是自己改變了小京。到現在仍覺得那是件好事。」
「…………」
我放棄解說了。既然已經被識破，那就沒辦法了。
對我來說，那是想要保密的往事。
麻奈實說了句「但是呢」之後，又繼續只有我們才懂的內容。
「我也擔心你是不是在逞強。是不是在壓抑真正的小京。所以……」
「麻奈實。」

話說到一半時我就打斷她。

「不管是以前的我、稍早之前的我還是現在的我都還是我。可能是因為麻奈實……也可能是因為黑貓而改變，但那都是我自己做決定要那麼做。不能把責任推到別人身上。」

「但是……」

「我是屬於我自己的。才不會給妳。」

「——這樣啊。」

一瞬間。

麻奈實放鬆肩膀的力道。

「那麼，我就沒什麼話要說了。」

「這樣啊。」

「再見了。」

「暑假結束後見嘍。」

像平常那樣，我們就以重複過許多遍的台詞向對方告別。

太陽從老街上往下沉，走在歸途的我完全沒有回頭，只是不斷往前。

當天晚上。我在空白活頁紙前面陷入深沉的煩惱當中。

明天約好要跟黑貓約會。

到時候要互相展示自己所寫的「命運之紀錄」，並且加以實行，但是……

——想接吻。

原本想這麼寫的我在最後一刻停下筆來。

「……咕……」

明明灌注全力，指尖卻一直發抖而且無法活動。

「啊啊啊啊啊——可惡！」

煩惱許久之後，我所寫的願望是——

先讓我保密一下吧。到了明天就會知道了。

夜晚就這樣過去，到了早上。

約定好碰面的地方是高中的正門。

至於為什麼沒有社團活動還特別選擇在校門口碰面嘛……

是因為至今為止幾乎沒有跟她在千葉碰過面。

對於雙方來說，最簡單明瞭的碰面地點，除了車站之外就是這裡了。

由於不需要到車站那邊去，所以才選了這個地方。

比約定好的時間早十五分鐘抵達時……

「……嗯？」

發現有個不妙的傢伙孤伶伶地佇立在該處。

首先看到的是對方的服裝。全身純白的哥德蘿莉風無袖上衣。裙子前面敞開露出雪白的裸足。不知道有什麼意圖，臉上還戴著有缺角的面具般物體。

尤其令人懷疑自己眼睛的是，背上黏著一對超巨大的天使翅膀般物體。

「那是……什麼啊？」

加上從柏油路面上冒出的熱氣，我還以為自己產生幻覺了。

但現實是無情的。

長出雄偉純白翅膀的人物，無疑就是我心愛的女朋友。

注意到我的她震動了一下。

接著以妖豔的眼神望向這邊，然後以少見的亢奮語調說：

「呵，來了嗎？」

「那……個……黑貓？」

畏畏縮縮地試著這麼問道，對方果然以充滿精神的口氣回答：

「哼哼哼……不，你錯了。」

她緩緩地拿下面具。隱藏在底下的眼睛，各自戴著金色與紅色隱形眼鏡，變成了異色瞳。

——……這異常適合她的模樣真讓人感到……

在對心愛女友的Cosplay感到心跳不已的我面前，黑貓後仰手背，舉起一隻腳，興高采烈地報上自己的名號。

「……現在的我是聖天使『神貓』。從黑暗眷屬轉生為純白天使的存在。」

「一大早就這麼瘋。在還有救之前，快點到比較涼爽的地方吧。」

「吾之眷屬啊……這種冷冰冰的言論實在令人難以苟同。」

聖天使大人嚴厲地以指尖指著我的臉。

像是要表示「應該還有其他話要說」般展示著她巨大的翅膀。

看來不配合她的話事情就不會有進展。

沒辦法的我只得問道：

「那種模樣是怎麼回事？」

「是聖天使的神衣喲。」

黑貓當場輕輕轉了一圈——不對，還是按照期望稱呼她為神貓吧。

神貓小姐似乎對今天的服裝自信滿滿。

好久沒看到這傢伙露出這種炫耀的表情了。

「那個……背上的巨大翅膀是？」

「從墮天聖『反轉（Class change）』為聖天使後『象徵（Symbol）』便『具現化（Materialise）』了。」

「原來如此。」

聽不懂。

「應該說，戴著那個虧妳能通過玄關。」

首先從這裡就是個謎了。那對巨大的翅膀，如果是我們家的玄關絕對會卡住而無法通過。

「嗯……我也在快出門時才注意到翅膀沒辦法通過玄關而急了一下。但是靈機一動，就想到只要在外面著裝即可。」

「這樣啊……被妳發現了嗎？」

被卡在玄關的神貓，應該是又蠢又可愛吧。

沒有家人去阻止她嗎？

「然後就順利裝備上這個穿戴式翅膀零件『神魔』，趕赴與你的約會……事情就是這樣。」

「取名的品味也好神喔。」

「對吧。」

神貓發出「嗯哼」的聲音並挺起胸膛。

然後直接因為翅膀的重量而差點整個人仰倒，於是我就幫忙支撐。

「哦，不要緊吧？」

「呃……嗯……謝謝…………看來翅膀零件的重量是今後的課題。」

這種打扮不是只有今天而已嗎？

神貓藉著我的手重整身體姿勢後，立刻以不像剛才差點跌倒的凜然聲音說道：

「那麼，學長。對身穿聖天使神衣的我做出總評吧。」

「不是說過感想了？」

「是聽過我『神聖解說』後的總評喲。」

「總評嗎……」

還用這種講究的說法。

也就是關於初次約會的服裝，希望能再次聽聽男朋友的意見吧。

唔嗯，如果是這樣的話。

「那麼我就實話實說了……」

「嗯……怎麼樣呢？」

被我認真地盯著全身，稍微露出緊張表情的黑……神貓。

我以嚴肅的聲音對這樣的她表示：

「關於這件聖天使的神衣——」

「…………咕嘟。」

「超級棒的吧？」

「真……真的嗎？」

「嗯。」

妳看起來很高興，那就是最棒的了。

只要神貓希望，我願意跟她並肩到任何地方去。

自傲的服裝受到稱讚的神貓，一邊撫著胸口一邊說：

「還擔心會不會太大膽了……不過你說過我適合白色的衣服……」

是宿營當天穿的那件白色洋裝吧。那真的很適合妳。

氛圍跟平時完全不同，充滿新的魅力。

「今天的服裝也很適合妳。」

「……真心不騙？」

「嗯。」
真心的真心的真心。
一開始確實嚇了一跳，也感到有點害怕，但只要脫下面具那個詭異感的來源，就會發現她果然很適合白色。跟平常的黑色便服比起來較為輕便，露出的肌膚也比較多……
「感覺比平常更有女人味了。」
「…………笨蛋。」
神貓的臉龐瞬間紅起來並且走開。
不知道是什麼樣的機關，翅膀像在反應她的心情般不停拍動著。
很開心的我也踩著像要飛上天般的輕快腳步追了上去。
就這樣走路繞了一圈校舍，最後在櫻花樹樹蔭下停下腳步。
「那麼……眷屬啊。『說好的東西』……你應該寫了吧？」
「那是當然了。」
我決定不去吐嘈神貓小姐抬起一隻腳的奇怪姿勢了。
我們把各自在家裡寫好的「命運之紀錄」交給對方。
那是一張活頁紙。
「妳也寫給我了吧。」

「那是當然了。就算對象是男——男友……作為一個創作者絕對無法接受不戰而敗。」

講男友的時候結巴了。

我完全能懂。我如果要稱呼戀人為「女友」，也會變得跟她一樣。

我刻意裝作沒有注意到黑貓慌張的模樣。

「又不是要『比賽書寫的內容』……」

我看向女友所寫的記述。

「我來看看……——嗚！」

然後就僵住了。

神貓所寫的內容遠遠超乎我的預測。

「妳……妳……這是……」

一言以蔽之——

好黑。

頁面超級黑！

密密麻麻地寫滿了一堆字，可以說幾乎看不到白紙的部分。

戀人之間的儀式……酸酸甜甜的咒語……原本應該是這樣。

……現在卻可以感受到詛咒般的「黑暗」。

「……嗚！」

雖然散發出足以讓人別開視線的壓力，但這樣就沒資格當男朋友了……！

「唔喔喔……！」

我咬緊牙關，開始解讀寫在上面的內容。

——讓學長說他喜歡我。

——情侶之間，以名字稱呼彼此。

咦？這……這不是寫著很可愛的內容嗎……！

嗚哇哇，乍看之下像是詛咒……結果真讓人意外！

「那……那個……」

「怎……怎麼了？」

我暫時從命運之紀錄上抬起頭來，看向整個人僵住的女友——

「我喜歡妳喔，瑠璃。」

「…………………………呼咿！」

神貓的臉一口氣變得通紅。我想我一定也跟她一樣吧。

情侶之間，以名字稱呼彼此。

光是這樣就夠害羞了，還跟愛的告白一起完成。

對於高坂京介來說，這個門檻實在太高了。

但是看來對於黑貓來說也是一樣。

「突……突然間胡說些什麼啊……」

神貓當場軟趴趴地蹲了下去，用手覆蓋臉部。

「剛才那是妳要求的吧！」

「是……是沒錯……但是也需要心理準備呀。應該有確實的步驟……之類的，你是想殺掉我嗎？」

她從覆蓋臉部的手指縫隙狠狠瞪了我一眼。

我感到相當害怕，忍不住發出丟臉的聲音。

「下一次！我下一次會注意的！」

「還……還想追擊……？」

什麼追擊！

「因為妳寫的量太多了啊！不盡快一件一件完成的話今天內就無法做完吧！」

「可不可以別把我的『理想』說得像是業績定額一樣？」

像是恐怖電影一樣緩緩站起的神貓。

……嗚哇，好像在生氣了！

可惡！原本應該是為了創造跟女友的快樂回憶而寫的「命運之紀錄」……！

為什麼會變成如此險惡的氣氛！咕啊，一點都不順利……！

下唇整個往上推的神貓，嚴厲地指著柏油路面。

「我要好好罵罵你，給我跪下，京介。」

「想用滾燙的柏油把男友燒死嗎！等等——」

在吐嘈途中，突然注意到了。

「妳……剛才……叫我的……名字……」

「……以名字稱呼彼此……我是這麼寫的喲……」

憤怒的臉龐稍微變得和緩……

「這樣就達成了。」

……………………………………真是的。

如果是對這樣的公主，要我跪多少次都沒問題。

——**情侶之間，以名字稱呼彼此。**

路過的行人以懷疑的眼神望著進入兩人世界的我們。

中二病情侶的奇特行為告一段落，恢復正常的我們急忙轉移地點。目的地是附近的公園。

這裡沒有其他人，適合作為實現雙方「理想」的地點。

「那……那麼……我們繼續吧……學長。」

「嗯？以名字稱呼彼此已經結束了嗎，瑠璃？」

「……比想像中更加丟臉，還是慢慢習慣吧。」

「了解。」

我苦笑著點了點頭。

老實說，我也有同感。

被女朋友用名字稱呼，破壞力真的超強啊。

接下來的稱呼方式不是瑠璃也不是神貓，而是恢復成黑貓。

「那我們立刻繼續實行吧。當然不是例行公事——而是一個一個地享受。」

「嗯。」

「我寫的比較少，所以之後再發表——」

我繼續閱讀起黑貓所寫的「命運之紀錄」。

嗚嗚……字好小，真難閱讀。

呃……讓我看看。

——**和學長一起被關進網路遊戲世界。**

——**開發轉移到異世界的魔法，和學長一起在各個世界旅行。**

——**成為擁有S級實力的B級冒險者。**

「…………………………」

這傢伙太糟糕了。究竟要我怎麼辦？

「？怎麼了，學長？」

「沒有……要玩……網路遊戲嗎？」

「哎呀，罕見的提案。這樣也不錯。只不過現在才剛剛交往，還是以能在同一個空間的娛樂為優先吧。」

「說……說得也是。」

我的女友說的明明很符合常識，但是寫的內容卻超級糟糕。

嗯……還是……先跳過無論怎麼想都無法實現的內容……其他……沒有應該可以完成的項目了嗎？

——特殊技能覺醒，和學長一起打倒女神。

——想摸學長的肚子。

——跟學長約定好下輩子還要相會。

「擔心點Ⅰ」有死後的世界該怎麼辦。

「擔心點Ⅱ」下輩子如果生為兄妹怎麼辦。

「擔心點Ⅲ」下輩子變成同性的話。

「擔心點Ⅳ」如果是有魔法的世界。

「擔心點Ⅴ」轉生的我跟學長分別成為魔王與勇者並且開始戰鬥。

——想跟學長肩併著肩畫畫。

——想要學長摸我的翅膀。

「……………………」

可以不要把溫馨和超糟糕的內容參雜在一起嗎？

……妳說摸翅膀……似乎具備某種儀式的意思，真的很恐怖耶。

「黑貓……」

「什麼？」

「那個…………………妳要摸肚子嗎？」

「哎呀，可以嗎？」

「嗯，這點小事應該沒問題吧……」

雖然完全不知道這有什麼好玩的。

我們並肩坐在長椅上，接著黑貓就摸起我的肚子。

這是什麼詭異的狀況。黑貓就以很開心的模樣摸了好一陣子，最後……

「呼……享受完了。」

「那真是太好了。」

「那輪到我了。」

「嗯？」

「我來實現你的『理想』——話雖如此，但我們想的似乎一樣。」

黑貓一從長椅上站起來，就從背包裡拿出另一張活頁紙——「命運之紀錄」。然後把它拿給我看。

上面畫著我跟黑貓的插畫。

兩個人感情很好地牽著手走路。

——**想牽著手走路。**

跟我昨天晚上所寫的「理想」相同的繪畫。

一看之下，臉頰染上粉紅色的女孩正對我伸出手。

「好像是這樣。」

我握住她的手開始往前走。

夏季的上午。在一片蟬鳴聲當中漫無目的地散步。

完全沒有對話——應該說，實在太過緊張而無暇理會這件事，甚至感覺不到灼熱的暑氣，只不過雙方手指觸碰的感覺卻相當明瞭。

這並非是第一次牽手。

不過是交往之後首次以「情侶的身分」牽手。

沒想到會有那麼大的差異。

「……………………」

「……………………」

只有指尖默默地牽在一起。

周圍的人眼裡，我們看起來像什麼呢？是不是像是一對戀人？

還是甚至連女友的手都沒辦法好好握住的窘狀，都被人看透了呢——

「學長。」

黑貓的聲音把我從沉思當中拉了回來。

停下腳步，把視線移向旁邊之後，她便毅然抬頭看著我……

「如果這就是命運……那我一定要完成它。」

對方的手指隨著動畫般的帥氣台詞纏上我的手掌。

也就是所謂的十指交纏。

哆嗦——背肌有奇妙的感觸閃過，讓我忍不住發出聲音。

「別……別發出怪聲。」

「抱歉……太害羞了……啊……這是什麼感覺？」

頭好暈……我快倒下了。

「…………不喜歡嗎？」

「怎麼會，我好開心。」

「……這……這樣啊。那就好。」

確實牽著手的我們再次並肩往前走。

看起來只會像是情侶了吧。

這讓我感到高興、害羞以及喜悅。

還有各種筆墨難以形容的感情在腦內縱橫。

……想不到黑貓這個傢伙竟然不斷發動攻勢。

甚至比身為男性的我更加積極——

但是行動之後又害羞不已。

現在的她像是帶領著我般拖著互相牽住的手。

「那個，有什麼想去的地方嗎？」

原本以為只是隨處散步而已。

一問之下，黑貓就因為暑氣之外的理由紅著臉說道：

「嗯，有件『命運之紀錄』之外的事情……想請學長幫忙完成。」

「儘管說吧。」

「不用問內容真的沒關係嗎？」

「沒關係啦。不論是什麼事情我都答應。因為我是妳男朋友啊。提出些任性的要求我還比較高興呢。」

「……謝謝你，京介。」

「嗯……嗯。」

可不可以別突然偷襲啊？我的心臟會停止啊。

真是的……我以手指搔著發燙的臉頰。

「那我就不客氣……直接說嘍。」

然後黑貓就首次說出對男友的「任性要求」。

「到我家跟我的家人見面吧。」

「嗯！包在我——嗚咿！」

首次約會而已耶？不會吧！

是……是要我完成「請把女兒交給我」的儀式嗎——

「……為什麼這麼驚訝？」

我才想反問，妳為什麼這麼輕鬆？
明明是個超害羞的傢伙！在戀愛方面還是超古板的黃花閨女啊！
我認為「把男友介紹給家人」是很重要的一件事！
……我跟黑貓的感覺有那麼大的差異嗎？
從剛才就不斷地進攻，讓我這個新手男友感到很困惑喲。
「沒有啦，沒什麼事。」
「這樣啊。那我們走吧。」
真是搞不懂……
成為戀人之後，試著想要互相理解，但是卻反而有種成謎的部分增加了的感覺。
……交往真是件困難的事。

就這樣——

「學長……學長？」
「嗯？哦……哦哦……怎麼了？」
在前往黑貓家途中，我超拚命地考察著她的心情，也試著要下定決心。

但是，我的女朋友不給我如此從容的時間。

「到了喲。」

「咦？已經到了？」

我急忙環視周圍。似曾相識的景色……總而言之，就是在我家附近。

我們竟然住得那麼近。

至今為止，黑貓從未找過我們去她家。

桐乃一定也沒來過這裡吧。

稍微有點優越感了。怎麼樣啊桐乃，我比妳先到黑貓家嘍。

黑貓的家——五更家是一棟有點歷史的和風房子。

描述得詳細一點，就是昭和風的屋子。

黑貓脫下神貓服裝的翅膀後將其抱住。

「學長，請稍等一下。我去跟家人說一聲。」

「呃……嗯……那個，今天妳爸媽……」

「我爸爸在家喲。」

「這……這樣啊。」

壓力好大啊～～～～～～～～～～～～～～！

黑貓以感到不可思議般的眼神凝視著整個僵住的我，然後才進入家中。

在等待她回來的幾分鐘裡，我用力閉上眼睛並按住胸口，就像是待在求職最後面試時的休息室裡……度過了一段痛苦的時間。

最後黑貓從玄關走出來……

「進來吧。」

終於！來了！跟「女朋友的爸爸」面對面的時間……！

唔喔喔喔喔！要上了！要上了要上了要上了！高坂京介，要展露男子氣概啦……！

「嗯！交給我吧！」

「……那充滿謎團的亢奮是怎麼回事？」

「哈哈哈！沒什麼啦！」

我以明顯很有事的態度，踏入了五更家的用地。

裡面有一座小小的庭院，進到裡面後正面與右手邊可以看到走廊延伸出去。

脫下鞋子進到屋子裡時……

「————」

我立刻屏住呼吸。

因為有一個非常漂亮的人正緩緩朝這邊走過來。

容貌異常姣好，胸膛單薄，肩膀下垂，身上穿著純白襯衫。表情柔和，帶著似乎散發出氣味的魅力。

不像真實人物的美貌。

是黑貓的家人嗎？我以遲鈍的腦袋這麼想著。

不是她妹妹吧？年紀明顯比我大。

這樣的話……是黑貓的姊姊？

有著一頭黑色長髮的麗人，在我眼前停下腳步，打開嘴唇說道：

「午安。」

「啊，妳好，午安……」

好不容易才擠出這句話。然後隨著僵硬的行禮說出事先準備好的台詞。

「初次見面，我是高坂京介。正在和瑠璃小姐交往。」

結果聽完我的自我介紹後，女性就以略低的聲音回答：

「初次見面，我是五更靜。」

「是瑠璃的父親。」

這樣啊。這個人不是黑貓的姊姊而是她的爸爸嗎？

原來如此——

「父……父親？」

以為自己聽錯而看向旁邊的黑貓，她就隨著些許嘆息……

「是我爸爸喲。」

如此肯定了對方的說法。

「…………………」

咦咦……？

現在的我應該是驚訝到連眼珠都要飛出來的表情吧。

沒有啦……當然……以女性來說，胸膛實在太過單薄……

但是……有喉結……嗎？

完全看不出來。外表只像是超美麗的女性。

不過，確實跟黑貓長得很像。是可以感覺到血緣關係的面容。

黑貓成人之後，也會像這樣擁有身為一名成熟女性的美貌吧。

等等，這不是對女友的爸爸應該有的感想！

雖然可能已經太遲了，但我還是急忙恢復冷靜。

「那個，剛才那種失禮的態度……真的很抱歉。」

「不用在意。我也知道自己看起來不像父親。」

他像是很不好意思，稍微把視線從我身上移開。

「我才對阻礙了你們兩個感到抱歉。才剛剛交往而已，應該很不想見到女朋友的爸爸吧？」

「不會，千萬別這麼說。」

怎麼可能說對呢！

他像是也看穿我內心這樣的想法般，以惶恐的口氣說：

「因為我想跟女兒首次交到的男朋友起碼打個招呼。可以稍微跟你聊聊嗎？」

「當然可以了。」

「謝謝——啊啊，不用那麼緊張。首先要向你道謝。」

「道謝嗎？」

為了什麼而道謝？他像是察覺到我的疑問一般……

「因為很多事情。比如說，宿營的事情。要是沒有你，瑠璃應該就不會參加，甚至我聽說根本就不會加入社團。而且你從以前就幫助過她好幾次了不是嗎？」

他對年紀小了許多的我深深低下頭來。

「高坂京介先生。小女平時受你的照顧了。」

看見父親這種反應的黑貓，身體稍微僵硬，臉頰也染上紅色。

因為正把男朋友介紹給父親認識啊。如果立場相反，我一定也會這樣吧。

為了盡可能緩解她的緊張，我以沉穩的聲音說：

「那是我自己願意做的……我和妹妹都受到黑……瑠璃小姐的照顧。所以算是彼此彼此。」

或許看起來很從容，但我內心其實很慌張。

因為黑貓的爸爸跟我內心的模擬實在差太多了。

太過客氣與友好——而且超級漂亮。

該怎麼辦……老實說，這就是我最真實的心情。

「這樣啊。」

他輕輕點了點頭。然後……

「啊……不必因為在我面前就用跟平常不一樣的稱呼。我聽說過你們用網路的暱稱來稱呼彼此了。」

「我知道了。那就用黑貓吧。」

在習慣瑠璃這個稱呼之前。

雙方結束客氣的打招呼與道謝之後……

「…………………………」

「…………………………」

現場就陷入一片寂靜。

我因為太過緊張而無法主動提出話題，而黑貓的爸爸也一直呆站在那裡。

「……兩個人不要一直待在這裡，到裡面去聊如何？」

黑貓像是看不下去般說道。

「呃……嗯……」

「說……說得也是。」

結果現場就以兩個進入被動模式的男人被黑貓催促的形式進行下去。

緊接著——

我們三個人就默默在走廊上前進。

有些尷尬的氣氛持續了一陣子，黑貓的父親——靜先生就突然自言自語般說：

「其實我也很緊張。」

「咦？」

「因為跟女兒的男友見面實在是責任重大——」

他以雪白的手掌按住胸口。

那個動作跟感到害怕時的黑貓一模一樣。

看來他似乎是個很懦弱的人。

對我來說，一提到父親就會以「自己的父親」作為基準來判斷，黑貓的爸爸展現的性格讓我大感意外。而且外表更是讓人嚇一大跳。

這時前方的紙門拉開……

「爸爸！瑠璃姊的男友來了嗎？」

一名充滿元氣的少女衝出來。

哦，這個聲音是——

「咪呀——！那超糟糕的服裝是怎麼回事！不會吧，妳用那種打扮去約會嗎？竟然沒被甩掉！」

是五更日向——黑貓的妹妹。

我只聽過她精力充沛的聲音。

聖天使神貓大人不傾聽日向小妹符合常識的發言，直接發出傻眼的聲音。

「日向，不是要妳乖乖待在房間了嗎？」

「咦咦～？那個超級被動又怕生的姊姊帶男朋友到家裡來了喲！哪可能乖乖待著啊！」

她踩著「噠噠噠噠」的腳步聲跑了過來……

「爸爸，有沒有狠狠凶過女兒的男友了？」

「那是當然了。媽媽都拜託過我了。」

「真的嗎～？真是可疑～因為爸爸很軟弱啊～」

「我確實說了。對吧？」

「啊，是的。」

才沒有被狠狠地凶過呢。

等等，難道對他來說，那就是「狠狠地凶過」了嗎？

……開始覺得日向小妹嘴裡所說的「軟弱」很適合他了……

靜先生以充滿慈愛的聲音對日向小妹說：

「倒是日向啊，妳也要向高坂先生打招呼啊。」

「啊！對喔！」

日向小妹轉過身來重新面對我，以整個臉部露出燦爛的笑容。

「午安哩！重新自我介紹，我是五更日向！」

真是元氣十足！連我都開始興奮起來了。

「我是高坂京介。請多指教，日向小妹。」

「嗯！謝謝你之前一起說服瑠璃姊！——我該怎麼稱呼你？」
「隨妳高興怎麼叫都可以。」
「那就高坂哥吧。」
「嗯。」
這孩子的朋友應該很多吧。
太好聊了。
「這孩子……真是的。」
黑貓嘆了一口氣，然後把一隻手放到日向小妹頭上。
「抱歉，學長……妹妹說了沒禮貌的話。」
「不不不，我不介意。」
「謝謝。啊，對了……也介紹小妹給你認識吧。」
她把視線朝走廊前方看去。結果有一個身體一半藏在打開的紙門後面，頂著娃娃頭的小孩子正窺探著這邊的情形。
那個孩子是——
「珠希，妳也到這裡來。」
「好～」

少女踩著小小腳步走了過來，來到我面前後用力低頭行了個禮。

「五更珠希……六歲！」

「初次見面，我是高坂京介。請多指教。」

我當場蹲下，配合對方的視線做出自我介紹。

能夠自己完成自我介紹真是了不起。

元氣十足的日向小妹與聰明伶俐的珠希小妹。

看來黑貓有兩個妹妹。

話說回來，宿營時……她好像曾提過這件事。

我在五更家眾人帶領下來到鋪榻榻米的客廳。

隔著木製的茶几，我和「女友的父親」相對而坐。

黑貓坐在我旁邊，日向小妹與珠希小妹則像要靠在爸爸身邊一樣坐著。

「媽媽去上班了所以不在家，今天這就是所有想介紹給學長認識的家人了。」

黑貓這麼說。接著日向小妹就把手放到茶几上並且探出身子……

「瑠璃姊交男友了——聽到這件事後，最想跟高坂哥見面的是媽媽喔！」

「是這樣嗎？」

從黑貓那裡聽到「爸爸想跟我見面」這件事，媽媽也想見我——這倒是首次聽說。

「哎呀，因為是瑠璃姊首次交男友啊。不知道男友是什麼樣的人，媽媽似乎很擔心。」

嗯，這也是理所當然的事啦。

「因為這樣才決定把學長帶到家裡來。雖然我試著說服她說這樣對學長很失禮而且也不好意思……」

原來是這樣啊。

「應該說……黑貓妳……在家裡會聊到我的事情嗎？」

在參加宿營之前，日向小妹就知道我的名字了，多少應該曾經聽說過我吧。

很在意她是怎麼跟家人說我的事情呢。

黑貓默默把視線從我身上移開……

「…………我想應該沒有提到太多。」

「騙人～明明就有。」

妹妹爆料姊姊的謊言。

看來跟黑貓本人比起來，還是問日向小妹比較能獲得正確的情報。

「應該是——加入社團活動的時候吧。瑠璃姊的模樣變得很奇怪。然後媽媽就巧妙地問出高坂哥的事情。她說是——『有一位很在意的學長』。」

「哦哦。」

「喂……日向。別多話。」

「哎呀，高坂哥也想聽吧？」

「超想聽的。」

「看吧，瑠璃姊妳安靜一下——說到哪了？然後又問出——『是朋友的哥哥』還有『至今為止受到很多照顧』等情報。」

「唔嗯唔嗯。」

真是有趣。日向小妹，再多說一點。

「媽媽跟我商量過『要是被甩了記得安慰她喔』。」

「……我還是第一次聽說……等等，為什麼是以我被甩作為前提……」

「因為是瑠璃姊啊……所以，媽媽跟我——都完全不認為瑠璃姊能交到男朋友。媽媽甚至到前陣子都完全忘記有這件事了。」

「我根本沒聽說過這些事喔。」

靜先生如此表示。做父親的似乎被排除在女兒的戀愛話題之外。

「宿營前的電話——我那時候才首次知道。瑠璃她有喜歡的人了。」

暑假之前，我曾經打電話給猶豫要不要去參加宿營的黑貓。

那個時候——

——妳就去吧。

好像透過電話聽見一道男性的溫柔聲音。

那應該就是靜先生的聲音吧。

「沒有那通電話的話，我應該到現在都還不知道女兒的戀愛與學校生活。可能也不會像這樣跟女兒的男朋友見面了。」

如此回想起來，那天對我來說可能是重要的分歧點。

「跟你見面真的太好了。」

他微笑著這麼說。

日向小妹以粗魯的動作把身體介入我跟靜先生之間。

像是要表示「我正在講話喔！」一樣。

「然後呢！瑠璃姊從宿營回來後，整個人非常心不在焉——」

「在黑黑的房間裡，跳著怪怪的舞。」

「連珠希都……」

連小妹都開始說起「姊姊的奇行」，讓慌亂的黑貓羞到連耳根子都變紅了。

難得有這個機會，我也趁機追究下去。

「妳高興到開始跳舞嗎？」

「…………不知道啦。」

終於用雙手覆蓋住臉部。

「就是這樣，所以馬上就知道——瑠璃姊在宿營時交到男朋友了。然後立刻召開了家庭會議。」

「家庭會議……」

如果在我們家舉行的話……

——京介，你交到女朋友了嗎？

——是什麼樣的女生？把她帶到家裡吧。

咕啊……那真的很難熬！如果是我的話，應該會叫聲「別管我」就躲回房間去了！

「那麼，讓我們回到一開始的話題吧。」

「然後——就希望能把我帶回到家裡。」

「對對對。但是媽媽因為上班沒辦法請假，就交代失業在家的爸爸代為負起評斷高坂哥的任務——事情就是這樣！說明結束！」

「……原來是這樣啊。」

爸爸目前失業中嗎？那真是辛苦了。

稍微瞄了他一眼，就發現他額頭滲出汗水。

果然被逼到絕境時的模樣也跟黑貓一模一樣。
「那麼！既然已經讓高坂先生知道事情的經過了！」
靜先生「啪」一聲拍了一下手並且改變話題。

「那就大家一起來玩遊戲吧。」

「咦……？」
我不由得感到困惑。
這個人突然說這什麼莫名其妙的話。
「那個，這樣……就可以了嗎？」
不是要評斷高坂京介是不是配得上自己女兒的男友嗎？
提出帶有這個意思的問句後……
「是這樣沒錯。」
他以極微弱的聲音這麼說。
「何況我覺得這是相當失禮的事情。簡直像是我們單方面在測試你。而且也像是不信任瑠璃的判斷。」

「爸爸，既然有如此卓越的意見，昨天晚上直接跟媽媽說不就得了。」

「……因為會挨罵啊。所以沒辦法直接說。」

太軟弱了。

「今天沒有確實負起責任的話，到了晚上還不是會挨罵？」

「嗯……」

這個人真的太軟弱了。

找不到其他話來形容。

「所以我要用自己的方法來負起責任。」

「那和……大家一起玩遊戲有什麼關聯？」

他沉穩地回答黑貓的問題。

「一起玩的話，就能互相理解自己和對方是什麼樣的人。」

「是這樣嗎？」

「某種程度上啦。比方說。經常和妳一起玩網路遊戲的沙織小姐好了。她不太重視勝負，而是專注於讓所有參加遊戲者能夠玩得開心；另一方面，小桐桐小姐她無論如何都想勝過瑠璃的心情就十分強烈。也因此造成遊戲初期就勉強地進攻。她一定是個很討厭輸的人吧。」

原來如此，性格會反應在玩遊戲上。

這就是他所說的重點。

我對黑貓說出內心的疑問。

「那個……為什麼黑貓的爸爸會跟沙織還有桐乃玩遊戲呢？」

「還少一個人的時候，曾經以我的『朋友』的身分，讓他加入遊戲喲。」

「沙織與桐乃不知道『謎之朋友』的真正身分嗎？」

其實玩遊戲的成員裡混雜了朋友的爸爸，對那兩個傢伙來說，這或許是不想知道的事實吧。

嗯，不論如何。我沒有什麼拒絕靜先生提案的理由。

光靠一起玩遊戲這種小事情就能跟女友的爸爸建立起良好關係的話，對我來說是再好也不過了。

「那就來玩吧。」

「太好了。」

於是事情就這麼決定了。

「那來決定要玩什麼吧。我會提出許多選項，希望你選擇想玩的遊戲。」

「好！」

以我氣勢十足的回答為信號，他露出興奮不已的模樣開始做準備。

他開心的表情很像黑貓，雖然是長輩，卻讓我產生忍不住想微笑的心情。

「選對戰格鬥遊戲如何呢？其實……女兒的男友到家裡來的話，有句我一直很想說說看的台詞……」

他從衣櫥裡拉出像是某種遊戲包裝盒的物體……

「以這款往年的名作『月●劍士』打敗我的話，我就同意你跟我女兒交往。」

「以只有自己玩過的古老遊戲來戰鬥，這點子真的太遜了。」

「真是的，剛才自己不是才說過單方面測試人家不太好嗎？」

「………………嗯，抱歉。」

被女兒們批評得一無是處的男人變得垂頭喪氣。之後又振作起精神，拿來另一款遊戲。

「那……桃鐵如何。大家都可以玩。」

「那也是記住所有遊戲內容的玩家一定會獲勝的遊戲吧。」

「真的如爸爸所說的。光是玩遊戲就能知道一個人的性格。」

「……………」

完全沉默下來了。看來他不是一個擅長溝通的人。

這就是黑貓的爸爸。

可以感覺到強大的血緣羈絆……！

由於沉默實在太尷尬，還是隨便找個話題丟過去吧。

「那個，黑貓和伯父誰比較會玩遊戲？」

「我比較會玩喲。如果要以爸爸擅長的老遊戲一決勝負，玩三次我大概會輸一次。」

「那不是超強的嗎？」

就算不是舊遊戲，我也不可能獲勝。

「不在遊戲上贏我就不同意黑貓跟你交往」，幸好這只是一句玩笑話。

他是個溫柔的父親真是太好了。

「不過，原來是這樣嗎……」

「你在同意什麼？」

「黑貓喜歡玩遊戲，然後遊戲技術還超強都是受到父親的影響。」

我一這麼說……

「…………」

黑貓就露出愣住的表情沉默了下來。

「……怎麼了嗎？」

「啊，抱歉。有點嚇到了……雖是至今為止都沒有意識到的事情……但回想起來確實正如學長所說。我之所以會喜歡遊戲……開始認真地研究……」

突然以冰冷的眼神……

「是因為幼年時期，玩對戰遊戲時不斷被爸爸無情地打敗喲。」

「這個大人太小家子氣了吧……！」

原本還以為是孩提時期令人微笑的故事，結果完全不是這麼回事！

「只要我放水，瑠璃就會生氣啊！」

靜先生急忙如此辯解。

我可以理解他所說的話。

因為黑貓真的很不服輸。

那個時候一定也不斷地挑戰不可能贏得過的對象吧。

在眼裡噙著淚水的情況下再接再厲地挑戰。

感覺好像能看見那樣的光景。

當我沉浸在感慨良多的心情裡時……

「學長想玩什麼類型的遊戲？」

「咦，我嗎？這個嘛……我玩遊戲的技術那麼爛……希望是珠希小妹也能一起玩的遊戲。」

「不愧是高坂哥！好棒的提案！好了，爸爸！拿出符合需求的遊戲來吧！」

「好喔，來吧。」

——就這樣。

我在黑貓家裡跟她的家人一起玩遊戲度過暑假的某個上午。

她們家「難易度低且能夠複數人玩的遊戲」並不多，四個人一起玩了Dreamcast這款舊型主機的派對遊戲之後，就大家一邊看著黑貓玩名為「斑鳩」的超帥氣遊戲一邊閒聊，然後讓靜先生玩遊研社長製作的Kuso game「滅義怒羅怨」，共度了一段歡樂的吵雜時光。

——這樣是不是稍微能夠互相了解了呢？

這一點我沒辦法確定……但我似乎暫時參與了五更家和樂融融的家庭時間。

那是一段很快樂的時光。

黑貓她……不對，五更瑠璃在家裡是這樣子笑的嗎？

這是很新鮮的發現。然後也讓我更喜歡她一點了。

「學長，吃完午餐才回去吧。」

「哦，真的可以嗎？」

「嗯——不過全是平常我們家吃的東西。」

「那我就不客氣了。」

如果遙遠的未來，我跟她成為夫妻。

這樣的日常將會一直持續下去嗎？
將來可能會成為我岳父的人，不斷說著關於「滅義怒羅怨」的怨言。

太陽逐漸西下。
實在不好意思連晚餐都要人家請客的我，即使很想繼續待下來也還是回家了。
和黑貓交往之後的首次約會。
值得紀念的日子就要結束了。
現在回想起來，確實是相當吵鬧的一天。
一開始就被聖天使神貓嚇到失了魂，然後互相用名字稱呼對方，還手牽著手。
女友把家人介紹給我認識。
甚至跟對方的父親打過招呼了。
我跟黑貓絕對都不是積極型的人，但短短幾個小時竟然就進展到這個地步。
內心有點期待的……………初吻，這次沒能完成就是了。
覺得果然還是太早的我，可以接受這個結局。
沒錯，我跟那個傢伙都還沒做好心理準備……
因為我們可是柏拉圖式的戀愛啊！

和交往之後立刻約會然後就接吻的得意忘形情侶完全不同！

這不是藉口！咳咳，總之呢——

「啊啊……太開心了。」

我打從心裡這麼認為。這真是最棒的一天了。

然後我就回到自己家裡。

「我回來了。」

一進入玄關就有種奇妙的感覺。

似乎有一股讓人很懷念的味道，總之……我也不太會形容……

讓人胸口揪緊的鄉愁突然在內心肆虐。

「……？」

即使對自己的異常感到疑惑，我還是脫掉鞋子進到家裡。

接著看了一下客廳——

心想「是幻覺嗎？」的我揉了一下眼睛。

那是因為我看到不應該出現在這裡的傢伙了。

坐在沙發上的幻覺，感覺到我的氣息後回過頭來……

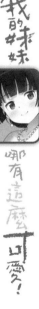

「啊，你回來啦。」

「……這是我要說的話吧。」

我好不容易才擠出這樣一句回答。

我的妹妹怎麼可能在這個地方。

高坂桐乃回來了。

第二章

「妳……」

染過的茶色頭髮、普通的偶像遠遠不及的美貌、修長婀娜的手腳。

坐在沙發上，穿著不知道為何特別適合的便服輕鬆休息著的身影，絕對就是到國外去運動留學的妹妹。

高坂桐乃。

隔了好幾個月才又見到妹妹的我，只能茫然呆在現場。

「……是桐乃吧？」

忍不住這麼問道。因為懷疑這是不是夢境。

原本以為再也見不到她了。

「怎麼？不然看起來還會像誰？」

果然是夢嗎。我的妹妹才不會發出這麼溫柔的聲音。

——**啥？別跟我搭話好嗎？**

這才是桐乃。但是眼前的幻覺卻一直沒有消失。感到困惑的我出聲表示：

「沒有啦……因為……」

「現在放暑假，我就回來了。」

「啊……啊～……原來是這樣啊。」

前去留學的國度，當然也會有比較長的假期。

這麼說來，眼前的桐乃就不是作夢也不是幻覺……

「……啊……」

明明見面之後有許多話想說的啊。

早就決定要盡情地抱怨一番。

「歡迎回家，桐乃。」

結果真實的心情擅自從嘴巴裡竄出。

哎呀……變成鼻音了。

「嗯，我回來了。」

桐乃不知道為什麼把臉別開。當她再次面向這邊時，臉上已經浮現邪惡的笑容。

「隔了這麼久才見到我，你剛才快哭了對吧？嗚嘻嘻，真噁心。」

「笨蛋，我是因為有點感冒的關係。」

「好啦好啦，就當成是這樣。」

「……那妳能待多久？」

「大概一個星期吧。」

「真短。現在不是暑假嗎？」

待在日本好好地休息一個月也沒關係吧？

「老爸他們應該也很想妳吧。」

「不不不，夏天才更要練習啊。」

「……這樣啊，很努力嘛。」

感覺桐乃離我好遠。明明就在我身邊而已。

「還好啦。一開始有點苦戰……現在感覺終於上軌道了。」

「哦……對了，老媽說過妳的留言……」

——**我靠自己的力量贏了啦！笨——蛋！**

「什麼『靠自己的力量贏了』之類的……那是怎麼回事？」

「咦？」

桐乃突然不再從容，開始露出緊張的模樣。

「啊……啊——那個……那個嗎？在……在留學的地方有個很厲害的傢伙。那一天，我終於贏過她了，就是這麼回事。」

「哦……那『靠自己』呢？」

「嗚咿？那個…………不……不關你的事吧！」

桐乃這時候開始張牙舞爪，以憤怒的模樣吼著我。

「對了，我在日本的期間有很多動畫與遊戲要消化！可沒空跟你說話！」

接著就氣呼呼地聳著肩膀朝客廳的門走去。

莫名其妙。這傢伙是怎麼回事。

既然忙著玩遊戲，為什麼還待在客廳。

這種地方一點都沒變，真受不了她。

「我說你啊……」

當我這麼想時，桐乃就停下腳步，稍微回過頭往我看過來。

「啥？」

「聽說你在跟黑貓交往？」

「噗呼……！」

完全出乎意料的發言讓我嗆到了。

「妳……妳從哪裡聽到的……！」

「沙織告訴我的。」

「啊啊……」

其實只要想一下就能知道了。

桐乃和我共同的朋友還知道這件事的，就只有沙織而已。

我們也沒有要她別說出去。說起來也沒有說過必須對桐乃保密。

只不過——

「因為妳都聯絡不到。」

「嗯，這件事是我不對。真的很抱歉。」

由於對方老實道歉，害我嚇得瞪大了雙眼。

桐乃縮回握住門把的手，身體完全轉向我。

「那個時候的我走投無路了。要是跟大家說話，就會跟你們求助了……」

「…………」

「很多事情開始變得順利，心情終於冷靜下來，真的稍微從容一些了——才想趁著暑假回家一陣子。然後隔了許久打電話給沙織之後——」

「挨罵了吧。」

「嗯。」

桐乃輕笑著說：

「被痛罵了一頓。全是我不好。我在反省了。」

「嗯，知道錯就好。」

不只是我，這傢伙連好友沙織跟黑貓都沒有通知就到國外去了。

沙織和黑貓不知道為此而感到多麼沮喪以及寂寞。

尤其是沙織氣到完全不像平常的她，整個人完全亂了方寸。

桐乃隔了這麼久才跟她聯絡，沙織當然會狠狠罵她一頓並且大發脾氣吧。

終於可以理解今天的桐乃特別乖巧的理由了。

應該是回想著跟沙織通話的時候吧，桐乃很幸福般說道：

「我們……聊了好幾個小時。」

「這樣啊。」

久違的兩人一定有很多想說、想抱怨的事情吧。

「最後她終於原諒我……然後我說接下來要打電話給黑貓……」

沙織就告訴她，我和黑貓開始交往了。

「……唔嗯。」

雖然無法得知沙織的意圖，但她是判斷後才說出這件事的話，我沒有任何怨言。

雖說沒有怨言……

但為什麼不能由我或者黑貓來跟桐乃說呢——對這件事我有小小的疑問。

不過現在先不管了。

「終於能向妳報告了。我在跟黑貓交往。」

「嗯……那個，我不太清楚這種時候該說些什麼，不過——恭喜了。」

「……嗯，謝啦。」

覺得有點害臊耶。臉頰開始變燙了。

當我不知道該說些什麼時，桐乃就做出這樣的提案。

「明天大家見個面吧？到秋葉原去。」

「哦，不錯的建議。」

我立刻這麼回答。雖然會減少一天我跟黑貓獨處的日子。

至於理由，我想根本不用說才對吧？

「應該說，配合我的回國，沙織已經幫忙企劃了。」

「咦？啊！」

——其實在下也企劃要舉辦「重逢派對」喔。

「『重逢派對』指的就是這個嗎！」

啊，原來是這樣。

那一天，沙織早就接到桐乃準備回國的聯絡了。

——呵呵呵，京介氏！你應該會嚇一大跳吧。

友人得意的臉龐浮現在腦海。

「真是的，這是什麼驚喜嘛。」

隨著苦笑丟出來的抱怨，滲出了藏不住的喜悅。

事情就是這樣——

隔天的上午。我來到了秋葉原車站。

和妹妹一起來到這裡已經隔了半年之久。

「秋葉原！呼喲喔喔喔喔！終於——能來了！」

桐乃高舉雙手做出萬歲的姿勢，環視著車站前面。

「哎呀～一陣子不見竟然變了這麼多！我可以到處看看嗎？」

「是可以啦，但等一下就要大家一起逛了吧？」

「一下下就好！反正時間還早，讓我稍微看一下店頭！」

桐乃不聽我的回答就全力往前突進。

唉……那個臭傢伙，竟然這麼興奮。

由於得知五更家就在附近，所以提出搭電車前先會合的提議，但是被黑貓拒絕了。

她說——想跟平常一樣來完成與桐乃的重逢。

對那個傢伙來說，「桐乃的回歸」似乎是很特別的活動。

如果是這樣的話。

完全展露御宅族面貌的某個傢伙雖然說著時間還早，但是——

「學長。」

看吧，這傢伙的話應該會提早到。

我轉向聲音的主人，舉起一隻手來打招呼。

「喔，黑貓。早啊。」

「早安。桐乃在哪裡？」

黑貓晃著哥德羅莉的裙子，左顧右盼地看著四周。

「她衝進GAMERS嘍。」

「真是一點都沒變。」

「就是說啊。」

我們之間沉默了一陣子。

並不是因為尷尬什麼的……只是有某種懷念的感覺。

啊，對了，這是……在黑貓成為學妹之前。

我們感情還沒有那麼好的時候。

桐乃跟沙織離席，突然只剩下我們兩個人時的那種感覺。

「哈哈。真沒想到。」

「怎麼了嗎？」

「沒有啦……想起剛遇到妳的時候。妳總是跟桐乃吵架——跟我沒什麼話說。那個時候完全沒想到會像這樣交往。」

「嗯……我也是喲。」

「真的很不可思議對吧。」

「不，我不覺得不可思議。這不是由世界……而是由我所決定的命運。」

聽不太懂意思的我轉往黑貓的方向。

四目相交後，她便笑著說：

「你陪我去出版社『投稿』了對吧？」

她帶著小說到出版社投稿時，是我陪著她一起過去。

「啊……的確發生過這種事。這……」

在我說出「又有什麼關係」之前。

「那就是讓我喜歡上你的，最初的契機。」

「————」

我整個人僵住。

「是……這樣啊。」

「嗯……之後有好一陣子，我自己也沒有發現到這件事……但你為了我發了脾氣。跟我一起煩惱。還安慰我。那讓我很開心……當我發現自己的心意時，就決定了——我要跟這個人在一起。」

如此說著的黑貓，簡直就像以戀人身分交往的現在只不過是一個通過點。

「我決定後就開始行動。所以不覺得不可思議。」

「……這樣啊。」

「你對我告白，還是讓我嚇了一跳啦。」

「哈哈……」

別讓我想起來。會害羞到死耶。

就這樣，我跟黑貓熱絡地聊著——

這時候。

「那邊的，我才一個不在，你們就在大街上打情罵俏嗎？」

正面傳過來的聲音讓我們抬起頭，結果看到桐乃半瞇起眼睛，手扠腰站在那裡。

瞬間黑貓就僵住，然後擠出一句話。

「桐乃——」

「……好久不見。」

桐乃咧嘴露出笑容。

黑貓維持茫然的表情朝桐乃靠近一步、兩步，然後觸摸她的臉頰。

「……真的是……桐乃嗎？不是我腦內創造出來的幻覺？」

「當然是真的嘍……應該說，妳的反應太誇張了，讓人很害怕耶。」

桐乃害怕到臉色蒼白。

明明是跟朋友久違重逢，卻先確認是不是真人，抑或只是自己的幻覺，這種想法實在太過異常。

在電話裡已經說過桐乃會來參加今天的聚會了喔。

真是的，這傢伙究竟多喜歡桐乃啊。

「……那邊的飲食文化跟我們不同，妳有好好吃飯嗎？環境變化之後，身體有沒有出什麼狀況？還有——」

「啊，真是夠了！妳是我媽媽嗎！」

不對不對，咱們家的老媽也沒有那麼擔心妳喔。

「都說不要緊了！看！我不是活跳跳的嗎！」

桐乃像是要展現自己的活力般當場跳了起來。

黑貓看見後似乎才終於放下心來。

「這樣啊，那就好……」

「妳的友情很沉重耶。」

「呵，當時的我只有兩個朋友喲。當然沉重了。」

「虧妳能挺著胸膛說出這種話。」

這世界上能讓桐乃露出困擾表情的，或許就只有黑貓和綾瀨了吧？

黑貓像是終於習慣重逢的衝擊，調整好呼吸後表示：

「那麼……現在就能放心地抱怨了……桐乃，妳竟然敢沒有對我說一聲就消失了。」

「抱歉。」

桐乃老實地道歉。就跟對我所做的一樣。

結果黑貓狠狠瞪著桐乃……

「在附帶條件的情況下，可以原諒妳一次。」

「……什麼條件？」

「告訴我妳國外的聯絡方式。」

「……原來這就是條件。我原本就打算告訴妳啦。」

「別廢話。今後我聯絡時妳一定要回應。」

「我知道啦。」

就這樣——

黑貓急忙把桐乃的聯絡方式登錄到自己的手機裡。

當我面帶微笑看著這久違的交流……

「看來是順利和好了。」

「嗯，太好——喂！」

不知道什麼時候，沙織已經待在我身邊了。

「別嚇我啊……」

「哈哈哈，真是抱歉。」

戴著圓滾滾眼鏡的少女，說完後就笑了起來，然後溫柔地守護對話著的桐乃她們。

我則拍了拍她的背……

「好了，沙織，妳也過去吧。」

「京……京介氏……」

最初感到困惑的沙織……

「嗯，在下也去加入她們吧。」

隨即全力朝桐乃她們跑去。

然後……

「小桐桐氏！好久不見了～～～～～～～～～～～～～～～！」

然後像是要把兩人夾在腋下般緊抱住她們。

「嗚哇！」「咕……呼！」

體格優於兩個人的沙織，展現的親愛表現相當強力，被抱緊的桐乃與黑貓發出悲鳴。

即使如此沙織還是沒有放手，反而像是要把她們吊起來般加強力道，為了久違的重逢而高興。

「記得在下了嗎？」

「記住了……快放手啦！」

「哎呀哎呀哎呀哎呀！小桐桐氏！好久不見了！好久不見了！呵呵太開心了～！」

「聽人說話！其……其實妳還在生氣吧！」

「……喂……喂，沙織。差不多了吧，桐乃也就算了，黑貓快要不行了喔。」

完全是被拖累嘛。

看不下去的我出手阻止後，維持亢奮狀態的沙織說了句「真是失禮了！」並且放開兩個人。

從接近鎖喉的擁抱當中解放出來後，黑貓的肩膀就因為急促喘息而上下動著。

「……呵呵呵……沙織，瞧妳幹的好事。竟然把熱騰騰的阿宅汗水抹在我的脖子上……

……衣服都濕掉了啦，這個大塊頭。」

「呀——！脖子真的都濕了！真是夠了～～很髒耶！流太多汗了吧，噁心！」

「兩位毫不留情的痛罵真是太令人懷念了——等等，小桐桐氏！黑貓氏！這種話對一個少女來說不會太過分嗎？」

「誰理妳啊！嗚咿，摸起來好噁心～～」

這些傢伙……隔了這麼久才又見面，竟然是這副德性。

這已經無法稱為朋友之間「感動的重逢場景」了吧。

不過，怎麼說呢。

看來「三個人湊在一起時常見的節奏」又恢復了，我也有了愉快的心情。

雖然只有一瞬間。

我從包包裡拿出毛巾，交給發出吵雜聲音的御宅族們。

「來吧，有三人份，擦掉汗水後和好吧。沙織喝點運動飲料冷靜一下。」

「真是太感謝了。不愧是京介氏，準備得真周到。」

沙織開始補充水分。

「嗯，辛苦了。」

桐乃以超級傲慢的態度接過毛巾。馬上把哥哥當成跟班嗎？

然後黑貓也……

「謝謝你，學長。」

「喂。」

桐乃像是很不高興般打斷了我跟黑貓的對話。

她從正中央依序看著我們的臉……

「你們兩個，應該有話要跟我說吧？」

我跟黑貓沉思了一陣子——

「我確實地守護妳的十八禁遊戲了。」

「我把妳應該會喜歡的動畫全錄下來了。」

「嗚哇真的幹得太好了！超感謝的！——等等，不是這個！雖然聽過事情的經過，但兩個人都在的時候，還是想從當事人口中聽到詳細的情形——首先呢！」

桐乃後退著拉開距離，然後嚴厲地用手指著我。

「那個『學長』是怎麼回事？」

我和黑貓面面相覷之後就做出回答。

「黑貓從春天開始就變成我的學妹了。」

「我跟他念同一所高中了。所以才以『學長』來稱呼男友喲。」

「『男友』～？」

「小桐桐氏！小桐桐氏！妳的臉！變成少女絕對不能出現的模樣了喔！就是知道會這樣，才會在那天的電話裡事先傳達給妳知道啊……！」

「我確實聽說了，但是跟直接被人在眼前展示又不一樣了！——啊！別跟這兩個傢伙說太多啊！我又沒有生氣！」

「嘴裡雖然這麼說，但是妳現在似乎就快要掙脫在下的拘束了！小桐桐氏！請先冷靜下來啊～～！」

沙織拚命阻止發出「吼喔喔喔喔喔」的吼叫並且手腳亂動的桐乃。

說起來，這傢伙為什麼生氣啊？

這個時候……

「呵……」

黑貓來到前面，像是要嘲笑暴動的桐乃般……

「現在報告雖然有點遲了，但我從幾天前開始……跟學長交往了。」

「是這樣～～～～～～～～啊～～～～～～～～～然後呢？」

「今後妳可以叫我『大嫂』喲。」

「誰要叫啊！好……好，我知道了！妳果然是我的敵人！」

「不是敵人，是『大嫂』喲。來，叫叫看吧。『瑠璃大嫂』——請吧。」

「咕唔唔～……！妳絕對是拿我尋開心吧！」

「是啊。感覺半年前的哀怨與憤怒瞬間得到療癒……復仇果然是最佳的娛樂。」

「妳這傢伙的個性真的很差！」

「謝謝。我好高興。」

「才沒誇妳哩！」

桐乃終於掙脫沙織的拘束，迅速朝黑貓靠近。

黑貓以輕飄飄避開她的動作繞到我背後。

以拿男朋友當擋箭牌的形式……

「呵呵呵……京介，你妹妹好恐怖。快救我。」

「別在我旁邊吵架啊！」

束手無策的我舉手投降。這兩個傢伙一邊在我周圍繞圈，一邊不停地互相發動攻擊。

「好痛！」

兩人的花拳繡腿經常誤擊到我身上！

「看招！咻咻！」

「哼哼哼……妳以為這種程度的攻擊可以打中我？」

就這樣，享受了一陣子小家子氣街頭格鬥的兩個人，像是終於滿足了一樣拉開距離。然後桐乃就雙手抱胸……

「哦……這樣啊！你們在交往！趁我人到國外不在這裡的時候！明明是朋友，連報告和商量都沒有就做出這種事嗎？原來如此～～我知道了！」

開始了吵架之前應該先完成的對話。

黑貓瞇起眼睛來責備桐乃。

「妳這笨蛋。根本無法取得聯絡，是要我怎麼報告和商量呢？」

「咕唔……！」

「所以現在不是跟妳報告了嗎？」

「說得也是～我了解～了～」

桐乃噘起嘴發出鬧彆扭的聲音。

然後像平常一樣突然轉換話題的方向。

「我沒辦法一直待在這裡。今天得確認一下。」

「要確認什麼？」

「首先要問妳許多事情。」

這個妹妹依然很不會說話。

必要的情報完全沒有表達出來啊～

明明是這樣，但黑貓卻充滿自信地回答：

「嗯，好啊。放馬過來吧。」

「太厲害了，妳聽得懂她剛才的意思嗎？」

「那是當然了。聽好了，學長，接下來我們必須讓桐乃認可我們的交往。這是桐乃還在日本時必須完成的儀式——學長，就像你對我家人所做的那樣，這次換成我做同樣的事情了——

我沒說錯吧，桐乃？」

「竟……竟然已經去跟家長打過招呼了……！」

桐乃以抵擋完高威力光束武器般的姿勢露出驚愕的表情。

這樣的妹妹立刻就重整體勢……

「不過，大致上是說對了啦。」

真的假的？我們兩個人交往應該跟桐乃沒關係吧？

一瞬間雖然這麼認為，但隨即改變想法。

黑貓除了是我的女友之外，也是桐乃的好友。

如此一來對黑貓來說，讓桐乃同意她跟我交往就是件重要的事吧。

「反正我本來就打算說了。妳盡量問吧。」

「哼！」

桐乃用鼻子哼了一聲後就別過頭去。當氣氛快要變僵時，沙織就在絕佳的時機下靠過來，說著「好啦好啦，小桐桐氏」來安撫桐乃。

光是這樣，原本緊繃的空氣就立刻煙消雲散了。

「那麼各位，讓我們前往派對會場吧！」

懷念的感覺揪緊我的胸口。

過去的日常，以完全沒變的形式再次回來了。

我們在沙織帶領下走在秋葉原的路上。

最後抵達某棟大樓三樓的出租空間「@秋葉原」。

「這裡是……」

「呵呵……很懷念吧？」

「嗯，是啊。」

走出電梯之後立刻就是租賃櫃檯，樸素的走廊上並排著幾扇門。

感慨良多的我還視著店內。

「沒想到……還會來到這家店。」

「在下認為小桐桐氏的重逢派對還是在此舉辦最好了。」

「不愧是沙織，我認為是很棒的選擇喲。」

有些害羞的沙織為了完成租借而走向櫃檯。

另一方面，黑貓似乎正在跟桐乃說話。

「以前也在這裡舉行過派對。妳還記得嗎，桐乃？」

「記得記得。對了，扮成貓耳女僕的妳超害羞的——」

「不……不是那樣的啦——」

啊，確實發生過那種事。

我記得害羞到躲在窗簾後面的黑貓真是超可愛的。

對了對了，還有——

那個時候……最後還有穿女僕服的妹妹送十八禁遊戲給我當禮物的糟糕結局。

真是的——啊啊……真令人懷念。

我和妹妹一起來秋葉原不過是一年多前的事情……

明明也不是長年生活在此的街道。

像現在這樣回想起來，才發現秋葉原到處充滿回憶。

跟這幾個傢伙一起步行的記憶已經根生蒂固。

短短幾年，街道就不斷地變化。

我們相遇時的街景，曾幾何時變得只能在回憶裡才能看見了。

就像半年前桐乃突然離開那樣，不知道以這樣的成員聚在一起的日子能持續到什麼時候。

就算是這樣，還是存有不會遺忘而留下來的東西吧。

「京介氏，這邊。」

「好，現在就過去。」

沙織租借的是跟過去相同的包廂。
剛才黑貓跟桐乃談論的情節——
這些傢伙不知為何穿著女僕服來迎接我的謎樣事件發生的地點。
不論好壞……那絕對是難忘的回憶。
還記得當時櫃檯的姊姊以輕蔑的眼神看著我。
沒錯，當時那間房間前面還放了「高坂京介專屬後宮一行人派對會場」的嚇死人導覽看板。
咕唔唔……一回想起來就讓人感到焦躁！
明明到剛才都還沉浸在懷舊的感傷當中！
不過……
當然今天的主角不是我，看板上面寫著跟當時不一樣的文字。
目擊看板的桐乃大叫了起來。
「喂！這看板是怎麼回事！」
「沒錯！正是在下準備的！不知道您是否中意呢？」
「等一下等一下等一下！這個『我們親愛的小桐桐氏歸國紀念派對會場』是什麼！太讓人害羞了吧！」

「這有什麼好抱怨的！跟我那時候相比已經好多了吧！」

「啥？那個時候，我事後發現時也快羞死了好嗎！為什麼我得再次受到這種恥辱！」

「……我在回去時發現也覺得快羞恥而死。當時的怒氣又重新浮現，現在該怎麼解決？」

「……好沮喪……真是抱歉……在下還以為這樣很棒呢……」

「騙人。」

「說謊。」

「絕對是騙人的吧！」

面對裝出沮喪模樣的沙織，三個人直接戳破她的謊言。

桐乃又趁勢加碼表示：

「沙織基本上是個很好的人，但其實最喜歡這樣的惡搞，這我們早就知道了！每次都一定要搞到我真的快發火了才甘願！不是經常告訴妳別這樣嗎！」

我懂。沙織這個人，只要變熟了就比較會展現這個部分。

剛認識時，就只覺得她真是個好人。

「哈哈！被發現了嗎？」

「真是的……想不到妳這人有點像頑皮的小鬼。」

「嗚呵呵……是啊。因為在下是青澀的少女啊。」

雖然完全看不出來，不過真是這樣。

圓滾滾眼鏡的御宅族少女，沙織・巴吉納不是只有可靠社團管理員的面貌，也有符合實際年齡的一面。

「所以呢……」

沙織以像是清純大小姐般的口氣表示：

「我也喜歡這個能讓我保持赤子之心的地方。」

這樣啊。如此一來，我也以身為這個「特別之地」的一員為榮。

我們打開掛了鈴鐺的門，進入「我們親愛的小桐桐氏歸國紀念派對會場」。

喀啷——響起跟過去一樣的鈴聲。

——歡迎回來！主人！

——歡迎回來！主——扮不下去了啦！

——不是的……我都說過不是那樣了……

女僕模樣的幻影閃過腦海並逐漸消失。

這是以白色為基調的簡樸房間。裡頭有辦公桌、椅子以及白板等。

跟以前來的時候一樣。

「那麼！馬上開始吧！」

才剛放下行李，屁股都還沒坐熱，桐乃就這麼表示。

當然這應該是「來談談我和黑貓交往這件事」的意思吧。

「小桐桐氏，這是派對啊，還是先吃點零食——」

沙織從平常揹的背包裡拿出飲料與零食來發給大家，但是……

「先完成這件事。」

桐乃強硬地駁回，接著大聲從椅子上站起來。

「這樣啊。那就照妳說的吧。」

於是就這麼決定了。

改變平時的座位順序，變成我跟黑貓並肩而坐，對面是桐乃與沙織這樣的配置。

由於原本就在裡面的桌子是辦公桌，所以散發出面試般的氛圍。

或許是意識到這一點了吧，桐乃像面試官般表示：

「那麼，請吧。」

「……一時之間也不知從何說起。」

「對吧？」

我跟黑貓面面相覷露出困擾的表情。然後重新轉向面試官們……

「要從哪裡說起？」
「從一開始，全部都要說。」
桐乃雙手環抱胸前，冷冷丟出這句話。
壓力面試嗎！
「哎……哎呀，小桐桐氏。像妳這樣問話，回答的人也會感到迷惑。首先詢問春天時兩個人的關係妳覺得如何？」
春天時——也就是新學年的開始嗎？
由於桐乃氣呼呼地說了句「可以」來同意她的意見，於是我便回想起當時的情形並開口說道：
「開學典禮當天，遇見穿著制服準備去上學的黑貓——」
黑貓跟我就讀同一所高中而變成我的學妹。
黑貓告訴我本名——當我說到這裡時。
「哦！妳的本名叫『五更瑠璃』啊！」
「嗯，所以才是『瑠璃大嫂』。」
「我才不叫哩！倒是妳的名字很可愛嘛！可以直接用在十八禁遊戲的女主角身上。」
「……那是在稱讚嗎……妳的話應該是吧。」

黑貓像放棄掙扎般嘆了一口氣。

「然後呢？然後呢？接下來呢？」

「自己這麼說實在不太好意思……我不擅長與人相處。當然在班上就遭到孤立——」

她接著表示「是學長救了我」。

桐乃消失後感到沮喪。

跟沙織一起舉行抱怨桐乃的大會。

三個人經常在聚我房間一起玩——

「你把我的朋友！還是兩個女高中生帶進家裡？」

「別用這種讓人誤會的說法！說起來原因還不是因為妳突然消失了！」

「是沒錯啦！」

「黑貓跟沙織不只是妳的朋友，她們也是我的朋友，所以應該沒關係吧。」

「你是說自己沒有邪念？」

「沒有！」

「但你不是對黑漆漆的伸出魔掌了嗎？」

「…………………」

我沉默了下來。說不出任何反駁的話。

含糊地發出「啊……」「唔……」等丟臉的聲音後，從我嘴裡衝出來的是……

「沒……沒有啦……但我們還沒有做任何色色的事情喔！」

我對妹妹吐露了什麼真相啊！太著急了吧……！

「笨……笨蛋……你在說什麼啊……」

黑貓也羞紅了臉打著我。

桐乃瞇起眼睛，像要確認真相般把臉靠近。

「哦～」

接著轉往黑貓的方向……

「真的什麼都沒做？」

「不……不行嗎？」

「沒有喔——應該說，我放心了。因為我知道妳不擅長做那種事情。」

「……我不會逼迫學長。」

「我知道。這傢伙很沒用。」

可惡！笑什麼笑啊桐乃！啊，連沙織這傢伙都！

「哎呀，抱歉。打斷你們的話了。剛才說到哪裡了？」

「學長試著幫忙在班上遭到孤立的我——」

她接著又說「於是加入了遊戲研究社」。

學長明明是考生，卻陪著我加入社團。

競稿時幫我說話、製作遊戲時一直待在我身邊。

「……………」

出現在黑貓話題當中的高坂京介簡直就像英雄。

聽著聽著，連我自己都害臊起來了。

誇過頭了啦！我只不過是做了自己想做的事情而已！

我真的覺得這太看得起我了。

桐乃也以複雜的表情聽著黑貓的敘述。

「然後呢……」

以著迷表情說著話的黑貓，如此對與加入遊研有關的話題做出總結。

「在班上被孤立的情況有所改善……也交到名為赤城瀨菜的朋友。」

「在學校！交到女生阿宅朋友了啊！」

「是……是啊。」

「我也想見見那個叫瀨菜的女孩子。我想我們一定合得來。」

「我也這麼認為。」

黑貓微笑著同意桐乃的看法。

「因為她跟妳有點像。」

「咦，有那麼可愛嗎？」

「……我指的不是外表……是會說出這種話的個性極為相似。」

我也有同感。瀨菜與桐乃應該會意氣相投。

……老實說，她們奇怪的興趣很可能會互相傳染，所以也有點不想讓她們碰面。

因為有可能會挨浩平哥哥的罵。

「高坂！都是你妹妹害的，瀨菜她現在迷上色情遊戲了啦！」

——很可能會發展成這樣的情形。

嗯，不過……

「之後還有很多機會啦。妳還會回來吧？」

「那還用說嗎！」

當桐乃隨著笑容這麼回答時，我發現自己大大地鬆了一口氣。

桐乃咧嘴露出牙齒……

「我決定了。果然還是無法放棄興趣。喜歡的事情就繼續喜歡，然後要持續追逐夢想。」

「小桐桐氏……」

「所以為了玩十八禁遊戲，我會經常回來。」

「就不能換種說法嗎？」

黑貓以傻眼的表情這麼吐嘈。

「呼嘻嘻——我的海外無雙故事等一下再說吧。現在的重點是你們的事。和赤城瀨菜變成朋友——然後怎麼樣了？」

妹妹一問之下，我便接下去說道：

「社長說出遊戲研究社舉行宿營的提案。」

「就去了瀨戶內海一個名叫犬槇島的地方。然後——」

黑貓開始敘述宿營的內容。比跟沙織說時更加詳細。

有時還會從包包拿出照片來展示……

「這就是剛才提到的瀨菜喲。」

「哦，真可愛。咦，這個女孩掛在包包上的鑰匙圈，是什麼動畫呢……竟然連我都不知道，真是稀罕……」

我想妳還是不要知道比較好。

光是色情遊戲宅的妹妹就夠我頭痛的了，實在不希望她跟瀨菜接觸之後又開拓出新的領域。

要是「轉職(Class change)」成色情遊戲兼腐女的妹妹，那可就不得了了。

…………「轉職」的用法沒錯吧？

桐乃繼續看著照片……

「嗚哇，這可疑的服裝是怎麼回事。」

「是我自己製作的『屍靈術屍的黑衣(Necromancer robe)』。很帥氣吧。」

「夏天還穿這種衣服根本是笨蛋嘛。看起來超熱的。」

「嗚……竟然如此批評我的傑作…………話說回來，這件黑衣好像在宿營時遺失了……」

「咦？話說回來，自從那之後就沒見過了……」

「真的很遺憾……有那件的話，夏季服裝的選擇就增加了……」

對我來說是幸運。

要跟穿著那件衣服的黑貓並肩走在一起，就算是心愛的女友也很難熬。

不過都跟聖天使神貓大人約會了，這麼說似乎沒什麼說服力。

這時唐突地……

「那這個給妳吧。」

桐乃交給黑貓一個小包。

「這是？」

「啊，回家再開喔——是我幫妳選的衣服。反正妳這個傢伙一定不知道約會要穿什麼，會因此而困惑、煩惱並且失控吧。所以我一回國就立刻買來給妳了。」

「……謝……謝謝。沒想到……會從妳這裡得到這樣的禮物……」

「嘻嘻，下次約會就要穿這件衣服。知道了嗎？」

「……我會照做的。」

黑貓抱緊小包。

接著她的臉上就瞬間變成充滿自信的表情……

「但是桐乃……我約會時的穿搭可是很不得了的喲。對吧，學長？」

「咦……」

……難道這傢伙是在說「聖天使神衣」嗎？

我一瞬間不知該如何回答。

「嗯！超可愛的！」

我沒說謊！確實超可愛的！也確實是很糟糕的服裝！

原本是為了保護黑貓的立場所做的發言，但我的女友不知道在想什麼，直接以超得意的模樣把一張照片放到桌上。

妳這笨蛋……！

「呵……這就是初次約會穿的『聖天使神衣』喲。」

從沙織嘴裡發出「啊……」的聲音。

桐乃愣然望著照片，眉毛皺成八字形並且表示：

「和這東西一起走？男朋友太偉大了吧？」

對吧？對吧？感覺很久沒有得到妹妹的稱讚了……！

「這對翅膀什麼的……就算是中二也太瘋狂了。黑貓，妳下次盡可能找我或者沙織——又或者是那個叫瀨菜的女孩子商量一下吧？我說真的。」

「哎呀，怎麼了，桐乃？今天的妳怎麼這麼溫柔。」

「是妳讓我不得不溫柔的啦！」

「好……好了好了，小桐桐氏！差……差不多該聽宿營的後續發展了吧？」

「說……說得也是……那就從搭上新幹線開始吧。」

「好吧。」

在桐乃催促下，黑貓繼續說了起來。

說出介紹瀨菜強壯的哥哥給她認識後，她的內心其實有點膽怯。

也爆料瀨菜的兄控事蹟。

接著又說借了社員們的桌遊，和赤城兄妹四個人一起玩的事情。

「之後就搭乘渡輪到島上去了。這就是那時候的照片——」

——等等的內容。

這傢伙……記憶力真好。

連我忘記的詳細情節都明瞭地描述出來。

像是搭乘幾點的新幹線、第二天的早餐吃了些什麼等等覺得沒什麼必要的情報……可以感受到黑貓「對桐乃毫無保留」的想法。

正因為如此，桐乃才會發現不對勁的地方吧。

「雖然敘述得很詳細，但總覺得第一天的傍晚左右好像不自然地跳過許多時間哦？」

「嗯，是啊。好不可思議。」

「不是說句不可思議就算了吧。」

「不記得了有什麼辦法嘛。」

「等一下等一下等一下。」

「……又怎麼了？」

「不是發生什麼不能跟我還有沙織說的事情？」

「……唔……這麼說太傷人了。比方說哪方面的事情呢？」

面對略帶怒氣的黑貓，桐乃紅著臉頰呢喃了一句：

「……接吻之類的。」
「不可能。」
黑貓如此斷言。
「…………到現在都還沒接吻過呢。一次都沒有。」
「啊，是這樣啊。剛才也說過了，竟然連這個都『還沒』嗎？」
這是不是我首次看見桐乃對黑貓感到抱歉啊？
咦？怎麼？桐乃覺得我很恐怖？不會吧……
面對悄然沉默下來的我，沙織把嘴巴變成ω狀……
「京介氏，進展不會太慢了嗎～？」
這……這個臭傢伙，竟然還挑釁！
「這很普通吧！說起來呢，第一次約會時沙織一直在旁邊，第二次約會是去黑貓家根本不可能，然後第三次就是今天了吧！」
是要我什麼時候「出手」啦！可不可以別再說我是沒用的男人了！
全力為自己辯護之後，就被黑貓用白眼瞪了。
「咦咦……」
妳這傢伙不是不擅長那種事嗎？妳可以的話，我……當然也很樂意……啊啊等等，我的這

種想法……！咕喔喔喔喔……！

「抱……抱歉，京介氏！沒想到你會如此認真地開始煩惱……！但是放心吧。在下為了這樣的京介氏與黑貓氏準備了一條計策！」

「「計策？」」

同聲這麼問完後，沙織就用力點了點頭。

「沒錯。前幾天見面時，不是跟二位提過了嗎？」

「噢。」「妳說那個啊。」

我跟黑貓立刻就知道了，但當天不在的桐乃……

「那個是？」

說完就環視著我們。

那個時候只用「經過一番對話」就把事情帶過了，但是向沙織報告我們交往的那一天……

——可不可以也讓在下書寫「命運之紀錄」呢？

她對我們說出這樣的話。

對我們來說，「命運之紀錄」是「想和對方一起做的事情清單」，但是對沙織來說就是

「想讓我們一起去做的事情」。

總而言之——

沙織先對桐乃說明「命運之紀錄」並且繼續這麼表示：

「在下想對兩位提出約會的計畫。」

「唔嗯唔嗯……『命運之紀錄』嗎……原來如此，確實很像黑漆漆會想出來的東西。所以沙織今天把寫好的內容帶過來了嗎？」

「正是如此！」

沙織從背包裡拿出來的是把上下方黏起來做成封袋的活頁紙。

接過紙張的黑貓，以微妙的表情抱怨：

「……這樣就不能看了啊。」

「呵呵呵，請明天之後再打開吧。這算是在下所出的『題目』。只要加以實行，就算是靦腆的兩位應該也能有健全的進展喔。」

「是可以啦……不過妳到底寫了什麼，感覺好恐怖。」

絕對添加了沙織的惡作劇點子！

嗯，包含這一點在內，還是很令人期待。

因為那可是沙織出的「題目」。應該不會是什麼壞事。這一點是我絕對可以確定的。

「……這樣啊。」

在旁邊看著我們對話的桐乃，露出了正在沉思的模樣。

她突然抬起臉來，對我跟黑貓說：

「嗳，那個……死亡筆記本？」

「是『命運之紀錄』。」

「『命運之紀錄』，已經寫了很多內容嗎？」

「嗯，寫了三頁左右。今天沒有帶來就是了。」

「雖然尚未完成，不過有二十頁左右。」

嗯啊？等一下等一下等一下等一下！那種一片漆黑的頁面×20？

妳不是熱衷於創作遊戲劇本嗎！寫得太快了吧……！

而且——

黑貓還像是要展示寶物一樣，以吊胃口的手勢拿出漆黑的魔導書（活頁夾）。

竟然連裝訂都完成了……！

不是說好要一張一張增加的嗎！自己一個人衝太快了吧！

不理會瞪大眼睛的我，桐乃對黑貓伸出手掌。

「那個讓我看一下。」

「不……不行。」

「啥～？看妳那樣子炫耀當然會想看內容吧。很令人在意耶。為什麼不能給我看？」

「…………因為很害羞啊。」

以細微的聲音呢喃著並且低下頭去。

這樣的動作觸動了我的心弦，連我的臉頰都開始發燙。

……應該說，我能了解她的心情。

之前雖然我只看了一頁，但朋友怎麼說都不是當事人，要讓他們看那些內容，可不是害羞就能了事。我的話可能會苦悶到死吧。

「抱歉了桐乃，這件事真的只能請妳放棄了……！」

被我跟黑貓同時拒絕的桐乃……

「這樣啊……」

意義深遠般瞇起了眼睛。

然後表情與氣氛同時瞬間改變，咧嘴露出了感到有趣的容貌。

「那我也來寫一張『命運之紀錄』吧。」

「啥？」

不理會不停眨著眼睛的黑貓……

「——沙織，妳有筆嗎？」

「喔喔！小桐桐氏也要出『題目』嗎！那麼請用這個吧！」

「算『題目』嗎，嗯，那個……我也不太會形容。」

桐乃從沙織那裡接過活頁紙跟筆，然後對我們露出惡作劇的笑容。

「可以吧？沙織都ＯＫ了，所以我也可以寫吧。」

「呃，嗯……當然……」

「是可以啦……」

「那就這麼決定了。」

桐乃把活頁紙放到桌上，舉起筆後舔了一下嘴角。

——要寫什麼好呢～♪

就是這樣的表情。她稍微抬起頭來……

「我邊寫邊聽，你們繼續說宿營的事情吧。」

對喔，剛才正在說這件事呢。

真是的，整個脫離主題了。

「桐……桐乃……因為是約會，可別寫什麼『玩十八禁遊戲』喔。」

「咦～？怎麼辦～才好呢～」

就這樣——

黑貓再次說起宿營的事情。

為了創作遊戲的劇本而收集「島嶼傳說」的資料。

環繞夏天的島嶼、拍攝照片、到處閒逛來體驗舒服的非日常。

在浴場與柑仔店玩復古遊戲。

早上做收音機體操。在堤防釣魚。在沙灘上遊戲——等等。

然後不只有這種爽快的回憶——

「浴場裡面……有露天浴池，男湯跟女湯的距離很近……」

「喂，黑貓！連這種事都要說嗎！」

「當……當然了……不這麼做就沒有意義了。」

「明明妳自己最感到害羞的！」

——赤裸裸地說出關於戀愛的各種酸甜苦辣。

桐乃與沙織則吐嘈、取笑著這些事情。

這是一段心跳不已的時間。也是非常令人感到害羞的聚會。

為了「讓桐乃認可我們的交往」，才會像這樣說出這麼長一段話。

「……接著就是最後發生的事了。」

終於來到最精采的地方。

「那天晚上，島上的神社有祭典。」

「剛才說過的那個『飛天祭』？」

「是大家幫忙的那個祭典吧。」

「嗯，沒錯。祭典當天晚上有煙火大會……在那裡……」

「我向黑貓告白了。」

現場靜了下來。隔了一陣子之後……

「哦哦～」

沙織發出感嘆的聲音。以這個傢伙來說，很難得一見地紅了臉頰。

沙織怎麼說也是青春期的少女。

聽見朋友的戀愛話題，也會展露出青澀的反應吧。

另一方面，桐乃不知道什麼時候已經寫完活頁紙，一臉嚴肅地看著這邊。

吞吞吐吐好幾次後……

「你原本就喜歡黑貓嗎？」

「應該說是這半年來喜歡上她的。一起度過宿營的時光後就更喜歡了。」

所以我才會告白。

用跟黑貓的爸爸說話時同樣的溫度，把事情傳達給妹妹知道。

因為對我們來說，他們都是重要的人。

結果桐乃就看向黑貓……

「妳有多喜歡這個傢伙？」

「和妳——不對……這個嘛……」

黑貓在途中停止回答到一半的答案，稍微考慮了一下後才重新回答：

「現在學長死掉的話，我也會殉情。就是這麼喜歡他喲。」

「……這……這樣啊。」

雖然能懂，但太沉重了……

桐乃覺得退避三舍之後才對著我問：

「你女朋友說出這種話耶，你能接受嗎？」

「沒問題！我連她這種地方都喜歡喔。」

雖然一瞬間露出「不會吧」的表情！

包含過於沉重的部分在內，她都是我心愛的女友。

如此一來，當然得接受她嘍。

聽著我們兩個人的問答——

「這樣啊。」

妹妹就露出某種寂寞的微笑。然後開口這麼說：

「在電話裡跟沙織聊了很多……花了很多時間交談。然後今天……聽了你們的話。嗯……那個……雖然很難開口……」

「嗯。」

慢慢說沒關係喔。

等待不善言詞的妹妹開口。

「我……我呢……」

桐乃花了很長一段時間思考用詞遣字後……

「真的覺得哥哥和朋友的戀愛故事很噁心!」

「喂!這麼說太過分了吧!」

明明散發出接下來要講好話的氣氛了!

為什麼說出口的卻是罵人的話!這確實很像桐乃會做的事!

懷念的感覺盈滿胸口了喔!

「嗚嘻嘻~」

桐乃像是要嘲笑我一樣,張大了嘴開懷笑了起來。

接著又嚴厲地用兩根手指指著我。

夾在手指上的是將活頁紙上下黏貼起來的封袋。

桐乃所寫的「命運之紀錄」。

黏起來的活頁紙上寫著給我的訊息——但看不懂意思。

「先把這個交給你。」

「呃,嗯……」

到底在搞什麼?

桐乃完全不給我逼問「妳這是什麼意思」的空檔。

只是傲慢地丟出一句：

「我認可你們的交往！」

「桐乃……」

黑貓呼喚好友的名字。桐乃則以溫柔的聲音回答她。

「我沒辦法太常待在日本了。這傢伙就拜託妳嘍。」

「……可以嗎？」

「不知道啦！所以——」

「要想辦法讓我覺得真是太好了喔。」

「…………………交給我吧。」

兩個人很長一段時間就此凝視著對方，彷彿時間完全暫停了一樣。

現在的我聽不懂她們的對話。

桐乃所寫的「命運之紀錄」——

當我看見內容時，已經是過了很長一段時間後了。

第三章

大家一起去秋葉原的隔天早晨。

在凌晨五點醒過來的我，到洗手檯洗了臉，然後回到自己房間。

但是當我來到樓梯前面時，桐乃就從二樓走了下來。

妹妹一看到我……

「早……早啊。」

就主動打了招呼。是無力但情緒高昂的態度。

「嗯，早安。」

我立刻察覺到了。是御宅族特有的那個。

「妳一直在玩遊戲嗎？」

「是……追動畫。一口氣追了二十四集。」

「辛苦了。去洗把臉吧。」

「嗯。」

桐乃經過我身邊，踩著醉漢般的腳步前往洗手檯。

這是全力進行御宅族活動的隔天早上會出現的構圖。

身體明明超級疲憊，內心卻充滿喜悅的狀態。

看來這個傢伙……待在日本的期間真的打算大玩特玩。

這時候。

「啊，對了。」

桐乃停下腳步，轉頭看向我。

「你在那裡等一下。」

「好喔。」

……我想剛才的對話，應該是「接下來我們兄妹站著稍微聊一下」的意思吧？

當然我也是這麼想。

但是桐乃洗完臉，回到自己房間，接著又把我丟在這裡整整十分鐘以上，然後才終於回來。

「久等了。」

「太久了吧？」

只說這麼一句話就算了的我，應該算是相當寬容的哥哥了吧。

「啥？不是說了『等一下』了嗎？」

「……看來妳跟我之間對於『等一下』的定義有很大的差異。」

明明自己在等待時，等個一分鐘就開始發飆了。

這傢伙都沒變，我放心多了。

說起來，只是兄妹站著聊一下天，為什麼還要換衣服？

「倒是妳這傢伙，一直都醒著的話，是不是差不多該睡了？」

「不，今天要跟綾瀨出去玩。」

「喂，妳的行程也太滿了吧！不是說在日本的期間要盡情玩遊戲和看動畫嗎？」

「動畫很重要、色情遊戲也很重要。綾瀨當然也很重要。所以我全部要顧及。」

「…………」

我不禁愣住了。這是只有我能懂的沉重宣言。

要是知道色情遊戲與自己並列，綾瀨的理智線應該會斷裂吧。

「……別把身體搞壞了喔。」

「我知道。我是經過充～～分思考後才去做的。妹控不用擔心啦。」

「那就好。」

桐乃這時突然笑著說：

「這是屬於我的充電方式。」

「這樣啊。啊……對了，妳不是有話要說？」

「嗯。」

我們終於按照當初的預定，開始站在一樓的走廊說起話來。

「那個……我還沒有跟爸媽他們講。」

「…………」

看來是很重要的事情。我端正姿勢，等待妹妹繼續說下去。

「我將來打算住在國外。」

「意思是……留學期間結束了也不回來？」

「嗯。」

「為什麼？」

「很多原因——我不是在敷衍，真的有很多原因。」

不擅於說明的妹妹，似乎一邊煩惱一邊思考著用詞遣字。

「我在那邊認真地練習田徑……」

「很活躍不是嗎？妳不是炫耀說勝過超級快的傢伙嗎？」

「是啊，是叫莉亞的女孩子……年紀明明比我小，但真的是個很厲害的傢伙……連我都有『自己竟然能夠贏過她』的想法了。」

「到底是什麼樣的強敵啊。」

「算我人生中排名第二的強敵吧。」

「排第一的是誰啊？」

「不告訴你。」

桐乃「呸」一聲吐出舌頭來嘲笑我。

「是喔。」

「認真地練田徑之後，原本認為絕對無法獲勝而快要放棄的對手……現在變得能夠互有勝負——已經有成果了。」

「……太厲害了。」

這是我的真心話。雖然原本就知道了，現在再次感受到。

我的妹妹是個超厲害的傢伙。

「嘿嘿……那還用說。」

桐乃驕傲地瞇起眼睛笑著。

「那麼是為了練田徑……」

接下來我準備說的是「才住在國外嗎」。

「不只是這樣。雖然這占了很大一部分，但不只是這樣。」

但桐乃搶先一步這麼表示。

「我在那邊時真的很煩惱。像是『可能沒有田徑的天分』、『不行了』……『今後該怎麼辦』等等。那個時候再次思考到自己的將來……像模特兒經紀公司跟我說的事情等等，考慮了許多……比思考如自己想做的事情是什麼、能夠做的事情是什麼…………結果呢，就覺得不論這次的留學結果如何，不論順利與否，將來果然會以國外為主要的活動地點。」

「……日本呢？」

「當然會回來啦。我想也會有在日本生活的期間。但不會一直待著。我這麼決定了。」

——**我沒辦法太常待在日本了。**

「是妳自己做出這樣的決定嗎？」

「嗯。」

「那我不會阻止妳。」

「嘻嘻……」

桐乃露出牙齒展現促狹的笑容。

她的表情同時帶有天真無邪的孩子氣與大人般成熟的覺悟。

「隨時可以來找我做人生諮詢。我會趕過去的。」

「笨蛋。全心全意對待你的女友吧。」

我的背部「啪」一聲被拍了一下。

我一直無法忘記它帶來的痛楚。

上午七點。桐乃回來之後，高坂家的早餐就變得很熱鬧。

老爸老媽也知道不趁現在跟女兒交流的話，下次見面不知道是什麼時候了。

幾乎沒睡的桐乃，果然還是全力享受與家人團圓的一刻。

真是個了不起的傢伙。看來又被拉開距離了，真的有點不甘心。

那麼！我也得完成自己應該做的事情才行！

以老媽用盡渾身解數（從早上開始）煮的咖哩填飽肚子後，我就朝五更家出發。

沒錯，今天的約會，碰面的地點是「女朋友的家」。

不對，這種說法有點不正確。

因為跟黑貓本人約好的是「上午十點在高中正門碰面」。

至於為什麼明明約好了，我還這麼早就前往女友的家嘛……

「哦！高坂哥！呵呵，來了嗎！」

是因為跟這位小姐約好了的緣故。

一來到五更家，根本不用按對講機，在外面玩跳繩的日向小妹就過來迎接我。我將視線配合她的高度……

「嗯，因為約好了啊。不過，真的可以嗎？」

「ＯＫＯＫ。瑠璃姊完全沒有發現。」

對話聽起來或許有些可疑，但這可不是劈腿「女友的妹妹」（那還用說嗎！）——說明起來是這個樣子的。

昨天我的手機接到日向小妹打來的電話……

——**高坂哥，想不想看姊姊「真實」的一面？**

——**超想看的。**

——**那明天早上八點左右到我家來吧。**

我們之間有過這樣的對話。

突然造訪，黑貓應該會嚇一跳吧…………

想看可愛的女友露出那樣的表情。近似惡作劇的慾望驅動著我。

「那個……我該怎麼做才好？」

「嗚嘿嘿，我都打點好了喲，老爺。」

日向小妹用毛巾擦拭閃亮的汗水，說出像個黑心商人般的發言。

她跑向玄關，打開門後輕輕用手指叫我過去。

「噓，安靜……進來吧進來吧。然後跟我一起來。」

「……我說，真的沒關係嗎？」

「事到如今還在說什麼啊。高坂哥果然跟外表一樣是個膽小鬼。」

「抱歉喔。」

我就長得像個膽小鬼。這小女孩講話超級傷人的耶。

——我看起來真的那麼像膽小鬼嗎？

感到有些沮喪的我，遵從她的指示在五更家的走廊前進。最後帶路的日向小妹轉頭看著我，然後咧嘴笑著拉開紙門，用手指著室內。

——看看裡面。

她做出這樣的手勢。

我點點頭後來到她身邊，悄悄地往室內窺探。

結果——

穿著運動服的五更瑠璃正在洗東西。

「…………」

不是平常的哥德蘿莉，也不是聖天使或是制服，然後也不是前陣子親手做菜時的神貓圍裙模樣。

也不是宿營時讓我看傻的純白洋裝打扮。

身上是老舊運動服這種超級樸素的服裝。

不符合那個「黑貓」的庶民模樣。

但是卻奪走了我的心。

我說不出話來，陷入失魂狀態。

「…………」

我的女友正在我眼前為了家人洗東西。

以像是主婦——年輕太太那樣的打扮。

不知道凝視這樣的她多久的時間。

隔壁的日向小妹像要表示「不想再等了」般……

「嘿，瑠璃姊！高坂哥來了喔！」

喂，竟然是妳爆料喔！

「呼咿——」

剛洗完東西的黑貓，肩膀因為妹妹的聲音震動了一下。

接著急忙轉頭看向這邊……

「學……學學學……學長？」

嚇了一大跳的她露出驚慌的模樣。

那種樣子實在太過可愛，再加上剛才的餘韻，讓我遲遲無法回答她。

「為什麼……在這裡…………」

黑貓焦急地晃動著身體，這時回答她的是日向小妹。

「因為高坂哥說『想看日常生活中最為真實的瑠璃姊』，我才幫他的忙！」

「日……日向……妳……」

「怎麼樣？怎麼樣？高坂哥！平常總是愛耍帥的瑠璃姊，在家裡其實是這種感覺！」

「呃，嗯……」

在進行這樣的對話期間，我的眼睛也無法離開穿著運動服的黑貓。

承受著頭暈目眩的感覺……

「我覺得……很棒。」

「笨……笨蛋。」

黑貓羞紅了臉來罵著我。

「……別一直盯著看。我只穿……這種運動服……」

就是這樣才棒啊！

雖然沒辦法直接這麼說。

她用手臂抱緊身體，試圖遮住我視線的模樣讓人心跳不已。

日向小妹應該是知道這一點才會提案的吧。

最自然、真實的五更瑠璃具備如此強大的魅力。

總之這讓我受了致命傷。絕佳的效果，讓我一擊就墜落到深淵。

稍微一個不注意，可能立刻就會跟她求婚了吧。

但黑貓本身卻沒有這樣的自覺，只是對「平常不讓人看見的一面」被我看到了感到害羞。

「……這是，那個……比較容易活動…………真是抱歉。」

沒什麼好抱歉的。

等她洗完東西——就開始討論起接下來該怎麼辦。

「原本是預定十點要碰面，現在不需要移動到學校了。就按照當初的預定來進行計畫吧。」

「給對方看今天的『命運之紀錄』。」

「嗯……細節等冷靜下來再談吧。這邊喲。」

黑貓以冷淡的聲音催促著我離開廚房。

這個時候日向小妹發出調侃的聲音。

「哦，瑠璃姊準備把男朋友帶到自己房間了喲～～～♪高坂哥！好好享受喔～♪——好痛啊！」

臉紅的黑貓迅速給日向小妹的腦門一記手刀。

「……真……真是的——學長你也別再陪這個孩子胡鬧了。」

「抱歉。剛才那件事我也很興致勃勃，所以別一直責備日向小妹了。」

「……是……是這樣嗎？」

「嗯，因為想看妳『真實』的一面。」

「……和你在一起的時候，我都很『真實』喲。」

「我是指『不讓我看到的一面』。」

「…………之後一定會報一箭之仇，請好好期待吧。」

黑貓小聲這麼呢喃，然後紅著臉頰露出怨恨的表情。

啊，這就是「不讓我看到的一面」。

「好恐怖喔。」

我說完就別過頭去。

因為我也露出「不能給女朋友看到的一面」了。

陷入戀愛腦狀態的我們，需要一段時間才能重新起動。

就這樣——

黑貓帶領我到自己房間前面，然後回頭說：

「……這裡就是我的房間。」

「……這樣啊。」

——瑠璃姊準備把男朋友帶到自己房間了喲~~~~♪

因為剛才日向小妹的多嘴，讓我莫名地在意這件事。

我跟黑貓都顯得很僵硬。

「進……進來吧。」

「嗯……嗯。」

「但……但是找你進房間只不過是因為那裡是家中可以好好談事情的地點——沒有其他意思。什麼偷情還是想兩個人獨處之類的，我可沒有那種意圖。」

「我知道啦！」

說話速度竟然變得那麼快。妳也動搖過頭了吧。

沒有啦！當然我也動搖了。

這並非第一次跟黑貓兩個人在密室裡獨處了。交往之前，黑貓為了製作遊戲而整天待在我房間時，就有過好幾次這樣的機會。

那時候的心跳雖然也加快了——

但是沒有今天這麼誇張。

為什麼呢！

當然是因為我們是戀人了！和那個時候不同，已經是男女朋友的關係！

交往的兩個人，互相喜歡的兩個人——在「女朋友的房間」裡獨處！

這絕對是致命的狀況吧！

要我說清楚？好吧——就讓我叫出真心話吧。

會有一點點期待是不是會發生色色的事情啊！

「只不過是要開始沒被日向小妹找過來的話，原本在校門口碰面後要做的事情吧。別想得太誇張了。」

現在的我，說的話跟所想的事情完全相反。

結果黑貓也說著「說……說得也是」並且放鬆警戒。
這傢伙真令人擔心。對男朋友太沒戒心了。
在抱持著矛盾想法的情況下，我首次踏入「女朋友的房間」。
那是舖榻榻米的和室，跟五更家其他房間給人的印象差不多。
以女孩子的房間來說，可能有點太簡樸了。
木製桌子與衣櫥、書架以及全身鏡。座面小小的摺疊椅。再來就只有縫紉機而已。
貓咪的小東西勉強有點女孩子氣吧。房間的正中央，應該是五更家飼養的貓正很舒服般睡著覺。
「……哦，這就是妳的房間嗎？」
「……別一直盯著看。」
「抱歉。不過，是很棒的房間喔。」
「如果這是真心話，真的希望你好好說明一下了——我覺得是沒有特徵到很難說出感想的房間。」
「是嗎？」
有特徵吧。比如說……
「妳都是用這台縫紉機來製作服裝的吧？」

我看著那台已有相當歷史的縫紉機露出微笑。

「書架上除了漫畫和小說之外都是創作的書。還有興趣完全外露的筆電、靜靜躲在房間角落的化妝道具……就是給人『五更瑠璃的房間』的感覺。」

「…………聽過詳細的解說後，覺得很不好意思。」

是妳要我解說的吧？

黑貓打開收起來的桌子，然後放了兩塊坐墊。

「坐下吧。我現在去拿茶過來。」

就這樣，我們面對面坐著喝起茶來。

黑貓像要掩飾羞澀般開口表示：

「那……那麼……學長。打開今宵的『命運之紀錄』吧。」

「現在是早上喔。」

應該是因為「今宵」這個詞聽起來很帥才會選它吧。

「然後呢？」

「沒有……」

妳覺得可以……就好。真是錯得光明正大耶。

「那麼，學長的『紀錄』呢？」

「當然寫嘍。」

我從包包裡拿出活頁紙，從桌上把它滑過去。

黑貓開始看了起來。寫在上面的內容是……

——想了解更多五更瑠璃的事情。

想看「女友的房間」。

「今天的份已經實現了。」

「……看……看來是這樣。」

「所以就來實現妳的願望吧。」

「……說得也是，那麼……請看這個。」

今天黑貓的「願望」是……

——想揭開隱藏住的「黑暗」。

「……………………………………………………………」

我沉思了好一陣子，結果還是搞不懂，於是詢問本人。

「那個……『黑暗』是？」

「你不知道嗎？」

「實在是不知道。」

是個中二等級很低的男朋友真是抱歉喔。我今後會更加努力學習……

「簡單說起來，就是想解開我抱持的疑問——桐乃不是交給你『紀錄』了？」

「噢，妳說那個啊。」

嗯，以黑貓來說的確會在意啦。

「看了那個封袋後，學長露出感到不可思議的表情了吧。那是怎麼回事？」

「話先說在前面，我不知道內容。然後，嗯……那個呢……」

我把手放到下巴並且發出「唔唔嗯」的聲音，煩惱著該如何回答。最後決定先老實說。

「黏貼住的活頁紙封面，寫著要給我的訊息。」

「什麼樣的訊息？」

「啊……現在還是祕密。」

當我做出不能透露的回答後，黑貓就「唔……」一聲陷入沉思……

「寫著『打開封袋的條件』對吧？」

她展現出極為敏銳的推理能力。

「答對了。虧妳能知道耶。」

「很簡單的推理喲。只不過，沒辦法知道詳細的訊息。」

「我想也是。抱歉——」

「我就不追問了。嗯，既然是那個女人所想的。一定是為了調侃我們的內容吧……呵，故意中計也算是友情的表現啦。」

黑貓似乎做出這樣的判斷。

我沒有回答她。

至於為什麼嘛，是因為應該無法滿足桐乃設定的條件。

這個封袋絕對永遠不會被打開了。

我試著對這個話題做出結論。

「嗯……這樣算是揭開『黑暗』了嗎？」

「不，還有一個。就是沙織交給你的『紀錄』。」

「啊，對喔。」

「要不要把那個打開來看看？那個沒有麻煩的『開封條件』吧。既然她自己都說是『題目』了，一定寫著沙織『想讓我們做的事情』。」

「真的很令人在意。」

「嗯。」

由於無法打開桐乃的「紀錄」，就希望以沙織的「紀錄」來滿足好奇心。

我跟黑貓都出現這樣的心情。

「那麼，馬上打開吧。」

黑貓從活頁夾裡取出沙織所寫的封袋並把它放在桌上。然後拿剪刀過來，把黏住的部分切開。

然後出現的「紀錄」，也就是沙織出的「題目」是——

——像對情侶一樣，在遊樂園開心地遊玩。

——入場券也放在裡面了。

這道題目充滿了符合沙織個性的貼心與溫柔。

隔天，上午七點四十分。碰面時間的二十分鐘前。

來到千葉車站前面的我，在通往單軌列車剪票口的電梯旁等待著女朋友。

「……真是的，桐乃那個傢伙。」

我明明在等黑貓，嘴裡卻抱怨著妹妹。

說到為什麼會這麼嘛，其實是因為出門前跟桐乃有過這樣的對話——

——**你今天要去跟女友約會吧？**

——**嗯，對啊。**

——**那麼，我幫你搭配服裝吧。**

——**啥？為什麼啊？**

我是真的不懂她的意思，結果一問之下，桐乃就以「受不了你」般的傲慢視線說：

——**我之前不是送衣服給那個傢伙嗎？那個傢伙今天會穿那件衣服，所以我現在才要幫你搭配適合的服裝啊。**

不用妳多管閒事！雖然心裡這麼想，但對方接下來說的話——

——**這樣女朋友會變得更可愛喲。**

我改變心意了。因為是黑貓的好友兼人氣讀模大人說的金玉良言啊。

——**是這樣嗎？**

——**對啊對啊！聽我的話準沒錯啦！**

於是我就乖乖地當換衣服用的人體模型了。還是在對方囉嗦著——為什麼只有這些衣服的情況下！

就這樣，比平常帥了一成左右（桐乃評論）的我，思緒已經飛到了心愛的女友身上。

……那傢伙會穿什麼樣的衣服來呢？

既然是桐乃選的，類型應該跟平常的哥德蘿莉有很大的不同才對。

老實說，我不清楚什麼是「適合我今天服裝」的打扮——雖然問過桐乃，但她不告訴我，只說了句「見面就知道了」。

「…………………」

我焦急地晃著身體。

交往之後雖然約會過好幾次了，卻還是完全沒有習慣的跡象。

每次都像第一次約會那麼緊張。而且興奮不已。

如果對方也跟我一樣就好了。

這個時候。

我下意識把視線移向出現在眼角的人物。

是黑貓——我沒有這樣的確信。只是眼光極自然地就被吸引過去。

「……讓你久等了。」

「……我才剛到。」

在視線與心靈都被奪走的情況下這麼回答。

跟平常比起來，黑貓給人的印象完全改變了。

最先引人注意的是深深拉下來的帽子吧。全身中性打扮的穿搭，全是她自己不會選的服飾。

當然我也是首次看見這樣的黑貓。

「這套衣服是——」

「嗯，那個時候桐乃送給我的。那個……怎麼樣呢，我自己……看不太出來。」

由於沒有穿過這種服裝，所以很難自我評分。

所以才不像穿著神貓——聖天使的神衣時那樣充滿自信嗎？

我再次望著黑貓的全身……

「很有新鮮感。這種打扮也很棒。」

為了搭配她中性的打扮，我以充滿活力的聲音做出評論。

「我覺得……這衣服……不太適合我。」

「嗯，確實跟妳的形象不符。」

「……對吧？」

說完後黑貓就低下頭去。

由於她以跟服裝相反的沒自信模樣這麼說著，我終於忍不住笑了出來。

真是的，這傢伙對自己的評價還是這麼低。

好，如果妳打算這樣，那我也有對應方式。

我把自己的臉靠近黑貓的臉。

然後輕輕抓住帽子的帽沿並且往上抬。

「為什麼要遮住臉啦。」

「因為……」

「不論是平常的打扮還是跟形象不同的服裝都是最棒的喔。能當妳的男友真是太好了。能走在妳旁邊是我的光榮。」

然後全心全意地稱讚她。

我雖然也覺得很害羞，但貶低我女友的傢伙，就算是她本人我也絕不容許。

結果黑貓嘴唇顫抖，露出劇烈害羞的模樣。

「……太……太……太誇張了啦……」

「才不會，全是我的真心話，我還覺得誇得不夠呢。」

「…………」

黑貓沉默了下來，臉頰越來越紅。

然後呢喃了一句：

「…………那就得感謝幫忙選了這套服裝的桐乃了。」

「……啊，也是啦。沒辦法了，這次我也得謝謝那個傢伙了。」

「真是的……」

黑貓以「真是不老實」的語氣發出感到傻眼的聲音。

然後……

「……你也很帥氣喲。」

「……謝啦。」

遭到反擊了。感到頭暈的我差點就要失去意識。

「這也是桐乃幫我選的。說是與妳的打扮很搭……」

糟糕……不搶回攻擊權的話，我會被擊倒的——心裡這麼想。

冷靜下來思考後就被莫名其妙理論支配的我，說出「話說回來」來改變話題，然後嘗試起死回生的反擊。

「今天……不對。是從現在開始，我要直接用瑠璃來稱呼妳。」

「咦……？」

黑貓沒有戴有色隱形眼鏡的雙眼瞪大……

「為……為什麼突然……不是說過……用名字來稱呼彼此還太早了嗎？」

「沒有啦，因為……」

我開始說明理由。

「沙織說是為了讓我們的關係有所進展的策略，而出了這道『題目』對吧。應該說我不想浪費她的好意，覺得我們自己也得努力才行。這次約會結束，下次遇見沙織時，她一定會問喲。」

——京介氏、黑貓氏，在下祭出的策略怎麼樣啊？

——是不是幫忙促進了兩位的關係呢？

「——就像這樣。那個時候我想說『幫了大忙』然後向她道謝啊。」

「…………………」

黑貓仔細地聽著我的理由，先閉上眼睛然後打開。

只見她以下定決心的表情點頭。

「那麼，我也……叫你京介。」

「哎……呀。來這招嗎？」

男友與女友之間的攻防依然持續著。

逐漸變成看誰能讓對方更害羞的比賽了。

「差不多不能一直這樣害羞下去了——對吧，京介。」

「…………嗯。」

女友的突襲讓我心臟猛然一跳，然後整個人僵住。

我咬緊牙關忍了下來，為了反擊而伸出右手。

「好，我們走吧——瑠璃。」

女友的手指畏畏縮縮地纏上我的手。

「好的。」

兩個人並肩往前走。

雖然是因為受到沙織的鞭策，但看來今天的約會似乎是相當難熬的試煉。

我和瑠璃搭上單軌列車，首先前往千葉港車站。

輕快行駛在千葉空中的單軌列車，具備了抵達時間跟其他交通機關差不多的話，就會讓人忍不住搭上去的魅力。懸垂式的車輛充滿近未來的感覺，聽說經常被用來作為動畫的景觀。

我們並肩坐在一起聊天。

「沒想到會來遊樂園約會。即使以我的魔眼，也沒能預測到這件事。」

「妳最近眼睛不紅的日子比較多吧。」

因為發生許多事情，在我面前，她也有比較多機會穿著哥德蘿莉服之外的服裝了。

所以哪來的魔眼或邪眼。傳達這樣的意思後，她就鬧起彆扭了。

「別打馬虎眼。我是在說關於約會預算的事情。」

「抱歉。約會的預算嗎……這對高中生來說是很現實的問題。」

尤其是男友沒有打工就更加辛苦了。

到遊樂園約會。

在漫畫、動畫或者遊戲裡，創作的主角們給人很輕鬆就能去玩的印象對吧。我也漠然想過交到女友的話應該去遊樂園約會吧。

但是呢，實際交到女朋友後，說好暑假裡要盡量約會，然後開始計劃行程之後才發現……

「根本沒錢啊。」

「是啊。」

我們沉重地互相點頭。

「剛參加完宿營也是原因喲。那其實用掉了不少儲蓄。」

「在彼此的默契之下，不斷地在附近約會對吧。」

「還完全沒有外食。」

高中生情侶的貧窮故事就實際發生在我們身上。

沙織沒有送票給我們的話，遊樂園約會應該不會出現在候補的選項當中。

「今天也要極力節制。因為暑假還有好一陣子。」

「我知道。」

有個精實的女友真是太可靠了。

這要是某個人的話，一定會說「啥？你說沒錢，真的假的？太遜了吧」之類的話。雖然覺得在一陣痛罵之後她還是會幫忙付錢就是了。

「不過今天就稍微打開一下荷包吧。都來到這裡了。」

不先這麼說的話，我之後會很困擾。

「說得也是。經過適切考量後再花錢吧。對了——有件跟現在的話題有關的事情，必須先向你報告。」

「……什麼事？」

由於她用相當正式的說法，讓我不由得緊張了起來。

結果瑠璃從包包裡拿出一個小包來放在膝蓋上。

「我做了便當。園內似乎有可以攜帶飲料食物的地點，不介意的話，我們就在那裡吃吧。」

「喔喔！真讓人期待！」

不但可以節省外食的費用，也可以成為約會的活動。可以說是瑠璃的絕佳判斷。

只不過，就算說要出食材的費用她應該也不會收下，所以我得想個辦法才行。

從單軌電車轉搭電車，從碰面地點出發後不到一個小時就抵達目的地。

時間是——快要到上午九點。

今天的天氣相當晴朗，是約會的絕佳日子。我們在展現潔白整齊門面的入園閘門前停下腳步，開始環視周圍。

「人很多耶。暑假的遊樂園都是這樣嗎？」

「誰知道？怎麼可能知道呢。對我來說這裡是最為恐怖的敵陣喲。」

瑠璃淺笑著呢喃什麼「現充的巢穴」……「禁忌的場所」……等等的詛咒。雖然很符合她的個性……不過這傢伙到底知不知道啊。

「今天我跟妳也是現充的一員喔。是以情侶的身分到遊樂園來約會。」

一稍微抬起牽著的手，瑠璃就用力回握。

「呵……現在的我……已經墮落成過去的我忌諱的存在了。」

明明是很帥的台詞，卻因為臉頰露出笑意而毫無氣勢。我的臉上也一直帶著笑容。

以從沙織那裡拿到的票通過入園閘門後，穿著布偶裝的吉祥物就親切地靠了過來，把導覽手冊交到我的手上。

我們在熱鬧的BGM當中，走在左右兩邊排著禮品店的寬敞道路上。

放眼望去是充滿各種顏色而且熱鬧，完全符合遊樂園形象的景色。

「那麼，要從哪裡開始逛？」

我打開手冊的地圖並且詢問旁邊的瑠璃。

「先不管順序，我想搭搭看雲霄飛車與摩天輪等經典的遊樂設施。」

「哦，妳倒是很有興致嘛。」

「呵……雖然遊樂園的設施都太小孩子氣，不符合我的興趣。但難得沙織送票給我們，而且也能作為文字遊戲的取材……」

瑠璃開始笑著說出藉口。

表情和妳的說話內容不符喔。妳絕對很期待那些遊樂設施吧。

真是的，拿妳沒辦法。為了明明想回歸童心玩樂一番卻還嘴硬的女友，只能出手幫忙了。

於是我便以亢奮的聲音說：

「瑠璃，我們去買最經典的那個吧！」

我買的是兔耳的髮箍。這是遊樂園最常見的道具，路上走的小孩子頭上都戴了一個。

「京介……這再怎麼說……都喧鬧過頭了吧？」

「沒這回事啦。」

「……覺得有點丟臉耶。」
咦咦……？明明穿便服時還戴著貓耳？
到底哪裡不一樣了。女朋友大人還是一樣難懂。
但這時候更要堅持住。要讓瑠璃在這裡甩開羞恥心。
這樣才會好玩啊。
我戴著連我自己都覺得不適合的兔耳……
「希望能戴著這個一起逛。拜託啦。」
「既然你都這麼說了……那好吧。」
瑠璃脫下帽子，把兔耳裝備到頭上。
不愧是世界上最適合獸耳的女人。
太可愛了。
立刻一起拍照之後，瑠璃似乎終於做出拋棄羞恥心的決定。
「哼哼哼……事到如今，我也下定決心要帶著平時無法體驗的經驗回去了。」
「就是得這樣才行。應該說，在遊樂園玩還需要有所覺悟嗎？」
「是啊，因為這終究是與我無緣的地方。看吧，京介。響著歡樂的樂曲，放眼望去全是情侶和家族，每個人都掛著幸福的笑容……周圍的一切都主張這裡是光屬性之地。對暗之眷屬的

我們來說是很痛苦的地方喲。」

瑠璃從興奮的表情瞬間轉變成對周圍氣氛感到不耐的模樣並且垂下肩膀。

喂喂，才剛進來而已妳就累了嗎？妳真的很不適合來這種地方耶。

「那裡有長椅，去坐著討論一下吧。」

說到進入遊樂園後首先在哪裡做了什麼——

我們選擇的是在長椅上休息。

確實是很符合暗之眷屬的第一步。

在異世界奇幻風的街頭，並肩坐在板凳上，兩個人一起看著導覽手冊。

「好了，選妳喜歡的遊樂設施吧。」

「那麼……首先是這裡。」

瑠璃選的是命運園區。也就是聚集了許多「占卜遊樂設施」的地點。

「妳本來就喜歡占卜嘛。」

「嗯。」瑠璃點頭同意，然後表示：「當然不可能是我學習的那種真正占卜……呵……只不過是作為娛樂的手段感到有點興趣。」

表示自己勝過遊樂園內設施的瑠璃。

如果是她擅長的領域就會露出這一面。這樣的個性也很可愛，讓我更加喜歡她。

「話說回來，宿營的時候也占卜了戀情嘛。」

「…………好像是耶。」

應該是想起當時的事情而感到害臊吧。她的聲音變小了。

沒錯，那一天在神祕的咖啡廳裡占卜了戀情——……

出現了什麼樣的結果呢？

雖然記憶變得模糊，不過確實有幸福的感覺殘留下來。

一定是告訴我們有一個幸福的未來吧。

「努力讓那時候的占卜成真吧。」

「…………笨蛋。」

發出鬧彆扭般的聲音後，瑠璃就把頭別開了去。

「話說回來，哪有人自己主動去『讓占卜成真』的？」

「占卜不就是這樣嗎？讓人占卜——如果出現不好的結果，就努力不讓其成真；如果獲得好的結果，就努力讓它成真。這樣不就好了？」

「很像你會有的想法。」

「不行嗎？」

「不會，我很喜歡喲。」

「……妳這笨蛋。」

臉頰開始發燙了。

看見這樣的我，瑠璃像要表示「還以顏色了吧」一樣發出呵呵呵的笑聲。

我們從入園閘門往東走，最後抵達了目的地。

命運園區是模擬「魔法師宅邸」的建築物。

在櫃檯登記完後進入館內。通過短短的通道就出現一棟石造的房屋。當然只是仿製的房屋，但是卻很有真實感。看起來就像真正的「魔法師宅邸」。

裡面略顯陰暗，不過還是有朦朧的光源照耀著通往各個房間的門。

門上——掛著不至於損及氣氛且簡單易懂的看板。

分別是「占星」、「塔羅牌占卜」、「魔法水晶球」、「姓名占卜」、「紀念照」。

瑠璃難得拉著我的手……

「京介，我們走吧。」

「妳要選哪種占卜？」

「全部都要去，所以沒什麼差別。」

「了解。那就從近的門開始。」

根本興致勃勃嘛。這傢伙真的很喜歡超自然耶。

因此我們就打開了「占星」的門，結果我卻有點失望。

裡面沒有占卜師，只是設置了一台占卜機器。

照這個樣子來看，其他的門應該也是一樣吧。原本興奮不已的瑠璃會有什麼反應真是令人恐懼。

偷偷觀察她的模樣，結果依然是眼睛閃閃發亮的超喜歡超常現象少女。

「來，怎麼了嗎，京介？」

「啊，沒有啦……是機械占卜耶，只是覺得這樣妳能接受嗎？」

「呵呵，你是擔心我會覺得失望嗎？」

「啊……嗯……」

面對含糊其辭的我，瑠璃如此表示。

「可以接受喲。」

「真的嗎？真是意外。」

原本以為她會說機器沒有魔力所以不行之類的話。

「占卜的知識與技術也很重要。跟三腳貓的人類比起來，厲害的機器可能算得還比較準

喲。」

……什麼是厲害的機器？

是那個嗎，根據正確的占卜方法或順序所得到的結果之類的？

「教我占卜的老師這麼說的。」

「老師？是——占卜教室之類的嗎？」

「是奶奶的朋友喲。奶奶仍在世時，她曾經來我們家玩。偶爾會教我占卜。」

「這樣啊。」

最喜歡超常現象的中二病少女，說不定就是從這個地方開始萌芽並且茁壯的。

「說起來，老師說過我沒有什麼才能。就算是這樣——她還是表示『占卜的知識和技術也很重要，妳只要好好地努力，也能成為優秀的占卜師』。」

五更瑠璃沒有占卜的才能。

是個會對小孩子說出嚴厲評論的人呢。

可以想像得到，或許就是這樣才會是認真的指導。

「噢，話說回來……快放暑假之前，我跟久違了的老師見面了。當時想請她幫忙占卜跟你的關係。」

「咦！」

話題的重要度突然上升了。
「你知道千葉中央車站的旁邊有一間占卜館嗎?那裡就是老師的店了。」
「哦……那占卜的結果是?」
「說是『受到周圍眾人的幫助』。」
「很準耶。」
「是啊。」
我們相視一笑。
我們之所以開始交往,全是因為許多人在後面幫忙。
像社長、瀨菜等遊研的社員。
五更家的人們。
沙織。
還有桐乃也是。
許多臉龐浮現在腦海裡。
「那真的是神算——我也想請她占卜,下次我們一起去吧。」
當我這麼說時,一半是作為約會的話題,一半是我的真心話。
但瑠璃卻緩緩搖了搖頭。

「很可惜，上週末她已經把店頂讓出去了。她說『年紀大了而且也沒有後繼者』。還說『最後能幫瑠璃小妹占卜真是太好了』。」

「這樣啊……那就沒辦法了。」

「其實我被挖角了。她問我是否願意代替她在那家店裡擔任占卜師。」

「太厲害了吧！這算是獲得職業占卜師的承認了吧？」

咦，瑠璃小姐，妳不會已經找到工作了吧？比高中三年級的我還快？

「雖然覺得很光榮……但我還是拒絕了。」

果然是因為那不是一份穩定的職業嗎？

「你覺得我能夠擔任占卜師這種重視溝通的職業嗎？」

「…………………」

我沒辦法做出任何反駁。

只能說一句「是啊」。

「……而且也不想辭掉現在的打工。」

「咦，妳有打工嗎？」

「嗯……那個，在書店。」

「我還是第一次聽到！哪裡的書店？」

「商店街的角落……不是有一家個人經營的舊書店嗎？」

「……有那種店嗎？」

「……因為是不起眼的店。所以就連我也能在那裡工作。」

「我可以去嗎？妳在打工的時候。」

我低調地問道。因為擔心可能會被討厭。

但是瑠璃給了「當然可以」的回答。

「……我在『紀錄』裡面寫了。當我在打工的時候，你以客人的身分來店裡。」

也就是瑠璃也希望我去嘍？

這是會刻意要求男朋友做的事嗎，當我感到疑惑時，察覺這一點的女友就說：

「希望男朋友——能夠更加了解我。」

「……喔。」

產生疑問的我真是個笨蛋。明明我會「想去瑠璃打工的地方」，也是源自想多了解她一點的欲求啊。

「那就這麼說定了。」

又有一個「兩人的命運」決定下來了。

正如我所想的，「命運之紀錄」是有趣的嘗試。幸好有這麼做。

順帶一提，占卜機器所做的「占星」結果，經過簡化後就是……

「在不久的將來，將會發生對兩人來說相當重要的事」。

「會隨著火焰開始以及結束」。

「危險逼近了。今天到明天之間要注意不要受傷了」。

——得到這樣的內容。

可以說是充滿謎團的文章。

老實說，根本不知道是什麼意思。不過看到瑠璃興致勃勃地點頭，也就算了。

唔嗯……第三則記述讓人感到有些不安。

因為是像抽籤一樣的東西，平常的話不會太在意這種內容。

但是——

「哎呀哎呀京介，畫面的這裡……你看一下『冥王星（Pluto）』。我們出現強烈的死亡暗示了。」

「別一臉開心地說這種話！是我們的命耶！」

「和你一起的話，就覺得即使出發前往來世也沒關係。」

「太沉重了！」

還有這個傢伙在身邊喔。

今天到明天這段期間嗎？ＯＫ，我會全力注意喲。

接下來——

「占星」結束後我們又逛了「塔羅牌占卜」、「魔法水晶球」、「姓名占卜」。

「哦，說是『兩個人的羈絆很快就會加深』！太棒了！」

「既然是遊樂園的占卜，會出現讓顧客高興的結果也是當然的吧。」

「剛才的『占星』就有超不祥的感覺啊。」

「……說得也是。可以說對情侶一點都不貼心。」

在這樣的對話結束後，立刻——

「……說……會『多子多孫』！」

「這個性騷擾機器！竟然對學生情侶提出這樣的結果！」

我因為非常尷尬的結果而感到焦急。

一陣手忙腳亂之後，我們來到館內的紀念照區。

之前在入園閘門處遇見過布偶吉祥物，這裡則是可以跟另外的布偶吉祥物一起拍照。而且還準備了Cosplay的服裝，願意的話似乎就能穿上服裝。

「Cosplay並且拍照……真的有點害羞耶。」

「…………」

妳這傢伙不是每天都像在Cosplay一樣嗎？

我沒有把這樣的吐嘈說出口。

「下一位請到這邊！」

在並非吉祥物的工作人員催促下，我們各自前往更衣室。

我從幾套服裝裡選擇了園方推薦的「騎士」，然後再次跟瑠璃會合。

瑠璃選擇的服裝是「魔法師」。

尖尖的帽子與長袍，加上橡木杖。

我露出苦笑並且說：

「太適合妳了吧。」

「呵呵……我想也是。我果然適合暗屬性的裝備……」

她流暢地像要施放攻擊咒文般舉起木杖。

那種模樣確實很像一回事，讓拿照相機的工作人員發出真正的嘆息聲。

突然有人拍了我的肩膀。

是布偶吉祥物。

他（？）以圓滾滾的眼睛看著我，然後帶有深意般點點頭。

——專業人士真是太厲害了。因為光是這樣就能把他想說的傳達給我知道了。

我露出牙齒笑了一笑——

「瑠璃……」

「咦？京——呀！」

像個騎士一樣抱起公主。

嗯……雖然穿的是魔法師的服裝。

就這樣，兩個人與一隻動物拍了照。

跟老爸借來的相機所拍下的照片，應該會成為重要的回憶吧。

離開命運園區後，立刻在旁邊的隊伍排隊。

那是要等待二十分鐘的遊樂設施。模擬西洋城堡的雲霄飛車，在園內似乎相當受歡迎。不過也只是小孩子能夠一起搭乘，不會太過激烈的設施。

「你這個人真是的……虧我想出那個姿勢……這下一定被拍到奇怪的表情了啦。」

「抱歉抱歉。不過，我覺得是很棒的表情喔。要看嗎？」

我邊操作數位相機邊這麼問，結果聽見鬧彆扭的聲音說了句「不看」。

「……要吃海鹽糖果嗎？」

「你覺得那種東西就可以安撫我嗎？」

「沒有啦，我沒有那種意思。是為了防止中暑。」

獨自一人的話會相當痛苦的等待時間，像這樣跟女朋友一起排隊的話，立刻就變成了開心的聊天時間。

說到底，跟喜歡的人在一起的話，可能做什麼事情都沒關係吧。

我把可能會礙事的兔耳收起來……

「瑠璃妳搭過雲霄飛車嗎？」

「沒有，我最後一次到遊樂園……是已經記不得什麼時候的從前了。這是我第一次體驗雲霄飛車喲。」

「其實我也是。和家人一起去旅行，都是去像MOTHER FARM那樣的地方。」

「別看不起MOTHER FARM。那是很棒的地方喲。」

被狠狠地罵了！瑠璃究竟對MOTHER FARM有什麼感情啊！

「瑠璃妳……搭雲霄飛車沒問題嗎？」

「什麼有沒有問題？」

「不會害怕嗎？」

「完全不怕喲。反而懷疑你為什麼要這麼問呢？啊，看來……京介你……會害怕吧？」

即使對方是用調侃的口氣，但不知道為什麼完全不會生氣。

說話的人是誰真的很重要耶！

「其實我有點害怕。因為是第一次搭，不知道究竟是什麼情形。」

我老實地說出真心話。

反正接下來就要實際搭乘，依照狀況，甚至有可能在女友面前大哭大叫。這樣的話，還是打從一開始就不要逞強，直接先說「第一次搭所以有點害怕」……

「這個男朋友真是沒用。」

瑠璃噗哧一聲笑了出來。不知道是戳中她哪個笑點，只見她捧著肚子，很痛苦般忍著笑。

我的臉瞬間發燙……

「抱……抱歉喔！不過……這可是雲霄飛車喔！從超級高的地方一口氣緊急加速降下！雖然完全是未知的體驗而不是很了解，但絕對很恐怖的啦！」

「呵……呵呵…………這是只要有大人陪伴，連小孩子都能搭的遊樂設施喲。想不到你也有可愛的一面啊，京介？」

「…………唔咕。」

面對羞到說不出話來的我，瑠璃就像要安撫小孩一樣把一隻手放到我頭上。

「別擔心……我會待在你旁邊。」

「別……別把我當小孩子！」

對話之間隊伍不斷前進，輪到我們坐進雲霄飛車了。

這時我們還是牽著手。

雲霄飛車緩緩往高處爬……在頂點停了下來。

「……這個……暫時停止究竟是怎麼回事？這樣很恐怖吧？」

「應該是藉著在頂點停止來煽動『接下來要一口氣滑下去嘍』『做好覺悟吧』以及恐怖的心情吧。對於小說場景的描寫很有參考價值。」

「妳看起來很輕鬆。」

「是你太害怕了。眼睛閉起來的話會更害怕吧？」

「這我當然知道呀。」

真的……只是我太膽小？一般不會像我這樣？

我才不管什麼小孩子也能坐呢！害怕就是害怕啊！

我微微睜開眼睛，等待那一刻來臨。

然後——

「喀咚」的震動之後，雲霄飛車終於開始加速。

隨著轟然巨響一口氣滑下鐵軌。

強風從前方吹過來。

衣服被吹得啪噠啪噠響，有種臉部的皮膚被拉扯的感覺。

乘客的歡呼跟悲鳴結合在一起後在周圍捲動。

「唔喔喔喔喔喔喔喔！」

我也放聲大叫，享受著設施。

沒錯，我很開心。只有發車前感到害怕。一旦開始加速，就只覺得爽快。以瑠璃的口氣來說，大概就是自己變成疾風的感覺吧。

亢奮到最高點後，內心開始渴望更猛烈的刺激。

「吶！這個！真好玩！」

我像小孩子一樣大叫著徵求戀人的同意。

結果……

「呀啊啊啊啊啊啊啊啊啊啊啊啊啊啊啊啊啊啊啊啊啊啊啊啊啊！」

瑠璃整個人大哭。以至今為止從未聽過的巨大聲音大哭大叫著。

斗大的淚水流出並且往後方飛去。

「妳……妳啊！到剛才不是都沒事嗎！」

「咿嗚！嗚嗚～～～～～～～～！」

即使大聲吐嘈，她也根本沒有在聽。

應該說，閉眼睛的話不是會更恐怖嗎！

「別害怕！我在妳身邊！別擔心！」

我只能用力握住女友的手，並且不斷地鼓勵她。

雲霄飛車終於停止——

瑠璃這時整個人癱軟地往前趴下。

「……怎……怎麼可以讓小孩子搭乘這種惡魔的設施……」

「是啊！是啊！……我來扶妳，下去後休息一下吧？」

「呼……哈……呼……我……我再也不搭了。絕對一輩子都不搭了……」

我終於忍不住露出苦笑。

之後瑠璃一直無法從雲霄飛車的打擊中恢復過來，好一陣子腳步都相當虛浮。

於是我們便放慢速度。

充分休息之後，就玩些咖啡杯等輕鬆的遊樂設施，然後在園內悠閒地散步。

到了中午，我們就到野餐區吃便當。

野餐區。原本以為跟某遊樂園的同名設施一樣，是排著桌子跟椅子的空間，結果並非如此。

那是一片饒富風情的寬廣草原。

除了仿造的圓木板凳與桌子之外，區域入口的賣店還有販賣飲料與塑膠墊。

我們沒有買什麼東西，把瑠璃帶來的塑膠墊鋪在零星生長的樹木下後坐了下來。

「這真是舒服。」

「是啊……暗之眷屬的我，現在也『轉生(Class change)』為光之存在。太陽的舒適感……著實不錯。」

「把石頭放在墊子的四個角，以防被風吹走吧。」

「你最近聽見我的這種發言也一點都不會動搖了耶。這當然是很棒的轉變，但完全無視實在無法接受。」

「這是我努力適應之後的結果啊！」

「你也要用同樣的語氣來回答。這才是真正的適應喲。」

「沒辦法每次啦！」

哪能瞬間就想到中二的台詞。

這樣的發展不太妙……還是改變話題吧。

「話說回來，妳的身體沒事了嗎？」

「嗯，剛才露出醜態了。」

「別太逞強喔，我說真的。跟約會比起來，還是妳的身體比較重要。」

雖是為了轉移注意力的話題，但這是我的真心話。

「真是的……你很愛擔心耶。」

瑠璃感到害羞般低下頭，連耳朵都變成紅色了。她像是不願意讓人察覺到這一點般，迅速從包包裡拿出便當盒。那是可以收納在小型包包裡的橫式三層便當盒。

「來，快點吃吧——這是我為男朋友做的。」

她的手靜靜地打開蓋子。

首先出現的是飯糰。每一顆都小小的，給人可愛的印象。

「海苔直向包住的是鮭魚。橫向包住的是鱈魚卵。海苔呈貓型的是柴魚喲。」

「喔喔～……我開動了！」

「嗯，快吃吧。」

「那麼，難得有這個機會，就從這個貓咪飯糰開始吧。」

我一口咬下飯糰。

「真好吃。」

這句話自然地衝口而出。完全不需要客套的真實感想。

瑠璃輕輕露出慈母的微笑。
「這樣啊，那太好了。其他還做了很多菜……」
說完就打開第二層第三層的蓋子。
日式炸雞塊、煎蛋捲、鑫鑫腸、蘆筍肉捲……等等。
面對「男生絕對超喜歡」的一連串菜色，我發出讚不絕口的聲音。
「喔喔！太棒了太棒了！」
「……這個方向性果然是正確的。」
「什麼正確不正確？」
我邊用叉子把雞塊送進嘴裡邊這麼問。
「我呢。認為便當這種東西是吸引男朋友的手段。」
「唔嗯唔嗯。」
嗯，可能也有這種功能啦。
「所以覺得必須是——全都能夠一眼看出我做菜本領的菜色。像是擅長的和食，然後以魚和蔬菜為中心……」
「啊，如果是這樣，我可能會說『拜託下次多一點肉』。」
「我想也是。」

「那妳為什麼改變主意？」

「去買做便當的食材時，爸爸也一起來了，當時他說『要給高中男生吃的話，我覺得這種菜色不太好』。」

幹得好，岳父大人。

「雖然我當場覺得很火大，但就結果來說，算是很棒的建議。」

「對男友造成很大的吸引力嘍。」

「真的嗎？」

「嗯。」

瑠璃像口頭禪般說了句「我真的可以嗎」來進行確認。

她可能對自己沒有自信。

因此不論多少次，我都要全力地肯定她。因為我覺得這是男友的責任。

我當然以出自內心的聲音表示：

「因為我都想跟瑠璃結婚啦。」

「…………你在說什麼啊。」

能讓她像這樣感到害羞，也是有趣到讓人無法罷手的原因啦。

「……吃些蔬菜吧。我……喜歡健康的人喲。」

「是是是。」

像這樣刻意展現從容的模樣後。

瑠璃就以漂亮的動作拿起筷子夾著蘆筍肉捲——然後輕笑了一下。

「呵，京介——」

她以超壞心眼的表情把料理移到我嘴邊。

接著——

「說『啊……』。」

「來……來這招嗎……！」

「哼哼哼……我要反擊羞辱我而感到開心的變態男友。來吧，露出害羞的模樣……」

「明明妳自己也覺得害羞！妳的臉紅通通了喔！」

「少……少囉嗦。在我的心靈快到臨界點之前……快點把嘴巴打開。」

我們就連吃便當的時間都在戰鬥。

真是的……幸好周圍全都是情侶。

接下來——

我們又逛了一下園區並且玩了幾種遊樂設施。就算封印了所有尖叫系設施，還是有許多令人在意的地點。對於幾乎只在創作中才知道遊樂園的我們來說，這些全是新鮮的體驗。
今年的夏天——
真的相當特別。
如此美好的一天也將近結束了。
天空一點一點染上橙色。
「得買些禮品回去才行。尤其是沙織跟桐乃幫了那麼大的忙。」
「那麼我們兩個一起出錢吧。」
「買吃的東西吧。這樣下次聚會的時候，大家可以一起吃。」
我們一邊進行這樣的對話，一邊逛了許多禮品店，在有限的預算下享受購物之樂。
只不過，要在不被女友發現的情況下完成個人的購物實在有點困難。
最後——
「嗳，回去之前要不要去搭摩天輪？」
「也對。那就這麼辦吧。」
我們就這樣搭乘了成為這座遊樂園指標的大摩天輪。
從位居遊樂園中心的摩天輪所看到的景色，據說是園內最棒的一幕。
——海好近啊。難怪景色會這麼美了。

座艙裡的我們不是面對面，選擇了比鄰而坐。

……約會的話，這樣應該可以吧？這樣距離比較近，應該沒錯吧？

喜愛平凡的我，即使在這種時候，也拚命試著回想過去曾經在哪看過的約會教戰守則。

明明我的女朋友一點都不普通。教戰守則對她來說完全不管用的啊。

我們搭乘的座艙緩緩往上升。

從園內看不見的遼闊大海布滿整個視界。

座艙搖晃了一下……

「呀！」

「沒……沒事吧？」

「呃，嗯……」

身體緊貼在一起。兩個人像被彈開般分開。

「…………」

「…………」

尷尬的沉默。

——啊啊，我在做什麼啊！不過是一點點身體的接觸……剛剛扶著她時，明明貼著的地方更多啊。

沒有啦，我也知道情境不一樣。

護送搭雲霄飛車而腳軟的女孩子，跟兩個人一起坐在摩天輪裡的現在完全不同。

「妳……妳看！今天搭過的遊樂設施變得那麼小了！」

「呃，嗯……是啊……海也好漂亮。就跟宿營時看到的差不多。」

「唔，嗯……」

生硬的對話。

啊，可惡！風景確實是很漂亮沒錯！但現在這不是重點吧！

腦袋裡面……一片混亂了！

這樣不對啦！都來坐摩天輪了，氣氛應該更好一點啊！

像這樣越是想振作起來就越想不出合適的言詞。這也讓我焦急到手足無措。

「……………………」

「……………………」

……寂靜持續著。

時間沒有靜止，座艙繼續移動。

不妙。非常不妙。這樣下去的話，座艙會在什麼都沒發生，而且兩人一直保持沉默的情況下抵達地面。這樣實在……無法接受。

必須下定決心才行。現在就得有所行動。

「「那個……」」

我們看著對方，同時說出同樣的話。

「……嗚。」

「……啊啊。」

兩個人再次沉默了下來。

太不巧了吧……不過，這一定是因為我們有同樣的想法。

那就再試一次！不論試幾次都沒問題！

「請收下這個吧！」

我用雙手遞出那樣東西。

是一個包裝得很漂亮的箱子。瑠璃以困惑的表情收下了……

「……給我的？」

「嗯！」

「現在……可以打開嗎？」

「當然了！」

要是說等回家才要打開，我會很困擾的。

她點了點頭，以有些焦急但小心翼翼的手勢打開包裝，開箱之後取出內容物……接著放到手掌上。

「……哇。」

是心型的情侶項鍊。

不是什麼昂貴的飾品。是讓一對項鍊組合起來就能完成一個心型的簡單設計。

「妳剛才——在看這個吧？所以……想說當成紀念。」

「瞞著我……把它買下來了嗎？」

「……嗯。」

「早上……不是才剛說過要省錢嗎……」

「啊，不是啦……這就是需要用錢的時候吧。」

說不出什麼耍帥的話。

明明思考了比較帥氣一點的台詞，卻因為太過緊張而想不出來。

但女友卻著迷地看著心型項鍊，接著又筆直地看著我。

「謝謝你，京介。我好高興。」

「……不客氣。」

「我會一輩子……不對……永遠珍惜它的……」

「太誇張了啦。」

「那個……」

「嗯？」

「我──今天很開心。」

「我也是。」

或許是加諸於自己的任務順利完成了，現在的氣氛變得比較輕鬆。

我們自然地眺望起窗戶外面。

座艙不久之後就會抵達頂點了吧。

夕陽逐漸沉到海裡。

橙色光芒在水面製造出一條閃亮的道路。

宿營的時候，我們也像這樣並肩看海。

「昨天和之前也一直很開心。」

「我也是。」

然後今天也並肩看著同樣的景色。

「下次再一起來吧。」

「嗯。」

「因為沒有預算，下一次最快也要寒假了——」
春天結束、夏天過去、秋天來臨，然後到了冬天。
如此一來就能再次一起看著同樣的景色了吧。
「那個時候有聖誕節還有新年。」
「去新年參拜，然後看首次日出如何。」
「很棒的提議。兩個人——或者大家一起。」
「很難決定耶。」
「那多去幾次就可以了。」
「首次日出一年只能看到一次喲。」
「一年之後，甚至兩年之後還是會有吧。」
「…………………………」
我的視線移到女友的臉上。
夕陽照耀之下的側臉，比這世上任何東西都要美。
或許是嚇了一跳吧，女友瞪大眼睛並且看向這邊。
應該注意到了吧。我想說的話，有確實傳達給她了嗎？
「京介……」

瑠璃叫著我的名字。

接著慎重地用雙手舉起我送的項鍊。

「可以幫我戴上嗎？」

「嗯。」

我的雙手繞過她的脖子，幫忙戴上項鍊。

手因為緊張而發抖，可能已經被她發現了。

「好看嗎？」

「太棒了。」

「謝謝。我也幫你戴上吧。」

瑠璃也跟我一樣，幫忙戴上項鍊。注意到她的手在發抖後，我的內心忍不住發出了輕笑。

我們兩個人在這種地方真的很相似。

由於有身高的差異，瑠璃不探出身子的話就沒辦法幫我戴上項鍊。當然一連串的動作之後，我們的臉就靠得很近……

「…………」

「…………」

平常的話，這是會害羞到分開的場面。

但我們卻在極近距離凝視著對方。
一剎那的時間感覺就像永遠一樣。
她緩緩閉上眼睛——

我們完成了只有輕輕觸碰一下的接吻。

對於現在的兩個人來說，這已經是極限了。
要是被熟識的某個人看見了，一定會被嘲笑吧。
但現在是我有生以來最幸福的時間了。

把親密的回憶收到心底，我們踏上了歸途。

從千葉車站站內走出來後，天上開始落下雨滴。

「哎呀，氣象預報明明說整天都是晴天的啊。」

仰望夜空後，發現烏雲正逐漸地擴散。

遠方的烏雲還閃爍著閃電。

隔了一陣子後傳出雷鳴。

「嗚哇！」

「雨下大了就麻煩了。加快腳步吧。」

當我們這麼說的時候——

「大哥。」

一道熟悉的聲音對著我傳過來。

轉頭看向聲音的主人，發現該處站著一名黑髮美少女。

「……真是太巧了。」

「————……………綾瀨？這種時間妳怎麼會在這裡？」

「……需要跟你交代嗎？」

「是不用啦……」

綾瀨的臉上轉變成嚴厲且認真的表情。

喂喂，這種恐怖的態度是怎麼回事——對了，這傢伙對我一直是這樣。

因為最近都沒見面，所以都給忘了。

新垣綾瀨。她是桐乃的同班同學、模特兒同伴兼好友。

然後她非常討厭我，幾乎把我當成蛇蠍一樣——…………明明是這樣，有時候又會來找我商量桐乃的事情。

我們之間就是這種不可思議的關係。

「這是哪位？」

瑠璃從旁邊這麼問道。

「是桐乃的朋友。對了，妳在夏Comi的時候差點就要碰見她了對吧？」

「啊，是那個時候的……」

瑠璃似乎想起綾瀨了。

而對方似乎也一樣……

「那個時候……跟桐乃在一起的…………」

綾瀨的眼神變得更加嚴厲了。

嗯，對綾瀨來說，瑠璃——黑貓算是敵人。

因為是桐乃的御宅族朋友啊。是讓桐乃遠離自己的元凶之一。

——**「危險逼近。今天到明天之間要注意不要受傷。」**

不祥的預感閃過腦海，我像要保護瑠璃一樣走到前面。

「啪」一聲，斗大的雨滴濡濕了額頭。

綾瀨背對著雷雲開口說道：

「兩位……是什麼關係呢？」

「是我的……女朋友。」

「果然……！」

完全搞不懂對話的發展。

為什麼剛才的對話，會讓綾瀨進入臨戰態勢呢！

「都是因為你們……桐乃才……」

「喂！妳在說什麼啊！」

「都是因為你們，桐乃才會不見的！」

綾瀨意義不明的喊叫——

「……這是什麼意思？」

讓瑠璃固執地追問下去。

「妳說桐乃……不見了？」

「連這種事……都不知道嗎？這樣竟然還敢認為自己是桐乃的朋友……」

綾瀨狠狠地丟出一句「真是不敢相信」。

這時我浮現「難道說……」的念頭。

——**今天要跟綾瀨出去玩。**

綾瀨從桐乃那裡聽到那件事了嗎？

——**我將來打算住在國外。**

——**我沒辦法太常待在日本了。**

然後才會像這樣產生強烈的動搖——即使如此……

還是不清楚她對瑠璃和我發怒的理由。

「桐乃在留學期間結束後，似乎也要在國外生活。」

「……真的嗎？」

瑠璃看著我的臉這麼問道：

「好像是這樣——是那個傢伙自己決定的。」

「……這是你們害的吧？」

我重新轉向憤怒的少女。

「我不知道綾瀨為什麼要說這種話。」

「就是因為大哥你這個樣子……！『桐乃下定決心離開日本』！和『你們兩個人開始交往』不是毫無關係吧！」

「莫名其妙。」

聽起來只像胡言亂語。也難怪啦——這時候的我，要理解綾瀨所說內容的前提條件仍然不足。所以根本不可能想得到綾瀨發怒的真正理由。

但還是有確實想到了的傢伙。就在我的身邊。

就是因為這樣……

「你的——女友的話應該知道吧？知道我說的話一點都沒錯！知道因為你的緣故，桐乃受了很嚴重的傷！也知道就是因為這樣才會想遠離日本！」

「……怎麼會……」

瑠璃完全相信綾瀨說的話，同時沉默了下來。

對於當時的我來說，只能驚訝地想著「為什麼會受到如此大的打擊」。

「喂，綾瀨！妳節制一點啊。就算是妳，也不能夠責備我的女朋友喔。」

「…………你什麼都不懂。」

「或許是吧。」

看見那張痛苦的臉，脫口而出的話不由得溫柔多了。

「感覺像是雞同鴨講。一定是我太遲鈍了吧。我是不清楚，應該好好聽妳說來加以了解。

但是呢……」

我這麼說道：

「要先等妳冷靜下來。那個時候我就獨自聽吧，然後重新思考。」

我以手掌擋住雨滴。

「雨勢變大了，天色也暗了。」

現在就算了吧。或許是察覺到我的言外之意了吧，綾瀨不甘願地點點頭。

「……我知道了。那麼——之後再見了。」

「好，那麼在那之前就先休戰。」

我努力裝出開朗的態度。希望盡可能讓感到愕然的瑠璃安心。

「別在意。那不關瑠璃的事。」

「謝謝……我不要緊的。」

在變強的雨勢當中。

我們持續目送隨著雷鳴一起離開的綾瀨。

第四章

我在雨中送瑠璃回到她家。我們在便利商店買了雨傘，然後並肩走在路上。

「…………」

「…………」

路途中沒有對話。瑠璃一直保持著沉默。

應該不是因為憤怒吧。看來是因為綾瀨的發言而受到衝擊。

——**「『桐乃下定決心離開日本』！和『你們兩個人開始交往』不是毫無關係吧！」**

她是這麼說的吧。

……為什麼綾瀨會說出那種話呢？

無論怎麼想都毫無關係吧。

因為桐乃她都說是她自己決定的了。

如果綾瀨所說的都是真的，那麼就會變成那個時候的桐乃在說謊。

看起來一點都不像呀。

我找不到那個傢伙說謊的理由。

……應該是這樣。至少我想不出來。

所以我想這應該只是綾瀨搞錯了什麼才會這麼說——

……你什麼都不懂。

——這就是我的意見。

在目前這個時間點。

「瑠璃……關於剛才那件事。」

我試著對產生強烈動搖的女友說出自己的想法。

我想盡量減輕她心理的負擔。

但瑠璃的表情卻沒有變得開朗。

當我這麼做時，已經來到五更家的前面了。

「……到這裡就可以了。」

「……嗯。那個……」

想讓她恢復精神。我無法完全放棄這個念頭，試著要找話題對她搭話。但瑠璃卻搶先一步

表示：

「今天真的很開心。謝謝你，京介。」

「……我也是。」

這時終於……雖然只有一點點，但她還是露出笑容了。我的焦躁感這才受到療癒。

「我做了一個決定。」

瑠璃筆直地看著我的臉。

……路途中她似乎一直在思考些什麼。

看見端正姿勢側耳傾聽的我，她露出了溫柔的微笑。

「就是『跟你盡情地享受剩下的暑假』。」

原本以為一定會出現很沉重的台詞，這樣的結果完全出乎我意料。

「那種表情是怎麼回事？」

「沒有啦……因為妳好像很在意綾瀨所說的事情……」

「突然變得這麼有精神，讓你感到不可思議？」

「……嗯。」

同意之後，瑠璃就發出妖豔的「呵呵」聲。

「這件事呢，我心中已經做出結論了。所以不再去想太多。就這麼簡單。」

那種造作的口氣，是因為平常的中二病嗎？如果是這樣，應該就能安心了。

我帶著測試的意圖，以輕鬆的聲音說：

「看來是重新振作起來了。」

「嗯，暑假也不會永遠持續下去。有限的貴重時間……用在沮喪上不是太浪費了嗎？」

「說得也是——真的是這樣。」

再次看見開朗的笑容，我內心的陰霾也逐漸散去。

今天跟瑠璃一起去遊樂園約會了。逛了許多地方，最後搭了摩天輪……

完成了只有輕觸一下的接吻。

「明天繼續見面吧，京介。」

「嗯，明天見。」

「也要好好寫下次的『命運之紀錄』喲。」

「嗯，妳也是。」

看來能以最棒的心情來結束這最棒的一天了。

和瑠璃道別，回到高坂家之後的我，當天就找桐乃商量。

商量關於被綾瀨「莫名其妙地找碴」這件事。

「莫名其妙地找碴」──現在回想起來，這種說法似乎太過分了。但我必須重複一遍，這個時候的我只有這種想法。

中斷樂在其中的電腦遊戲，聽著我商量的妹妹……

「ＯＫ。我會想辦法解決。」

很乾脆就扛下了責任。

「雖然很感謝……不過妳說想辦法，是打算怎麼做？」

「和綾瀨談談，解開誤會並且讓她接受啊。你不用擔心。你說還要跟綾瀨談，可以不用做那種事了。應該說，別獨自跟綾瀨見面好嗎，很噁心耶。」

「什麼噁心……妳……」

這個臭傢伙……很自然就加入罵人的話。

「……那就拜託妳了。」

「交給我吧。」

桐乃立刻回答並且拍了拍自己的胸脯。

喂喂……這個妹妹變得超可靠耶。

這傢伙從國外回來之後，完美超人的程度是不是更加提升了？

該說是……有了重大的經驗然後成長了。還是……作為一個人類更加成熟了。

「啊，不過……」

桐乃表現出「這一點一定要先跟你說」的模樣……

「我在綾瀨之後也會跟黑貓談——光是這樣大概還不夠。所以你要小心地注意那個傢伙。因為你是她的男朋友。」

「……我知道。」

「真讓人擔心～」

「太不信任我了吧。妳擔心什麼啊。」

「嗯……好難……說明～～～這個嘛～～……你絕對不像自己說的了解那麼多，放著不管的話之後又會變得一團亂，這樣實在有點那個……但是～～」

竟然兩手按住頭部，開始煩惱起來了。

然後……

「…………………要我說明嗎？真的假的？很不想這麼做耶。」

桐乃像在自問自答一樣碎碎唸起來。

「雖然搞不太懂，妳這麼不願意的話我就不問了。」

「嗯～抱歉。請你自己想辦法解決吧。」

「本來就打算這樣。因為是我自己的問題啊。哪能全部都交給妳啊。」

看吧。

回國之後的桐乃，變得會跟我道歉了。

如果是以前的她，應該會用更加彆扭的說法才對。

她變了——或者是逐漸在改變。

不論是桐乃自身。

還是我們的關係。

看起來雖然跟之前一樣，但是已經變得不同了。

我有了這樣的感覺。

不知道這樣的改變是好還是壞就是了。

之後——……

最棒的暑假再次展開。

我和瑠璃根據「命運之紀錄」，互相提案想跟對方一起做的事情並且加以實行。

——打工時，男朋友來看我。

——想和女友一起去KTV唱歌。

——想去動物公園。

——希望幫忙看看完成的遊戲劇本。

——等等。

包含大量中二病要素的交換日記般行為，在完全不覺得膩的情況下讓我們為之著迷。

瑠璃就像是忘記曾因為遭遇綾瀨而沮喪的事情一樣顯得活力十足，讓我又好幾次重新喜歡上她。

當然，暑假的回憶不可能光是只有我們兩個人的時間。

——想跟大家一起去夏Comi。

也有這樣的願望。

某一天，因為我跟瑠璃寫了同樣的願望，所以我們彼此都嚇了一跳。

所謂的「大家」，指的——不只是沙織和桐乃參加的「宅女集合」。

也包含瀨菜和部長以及真壁學弟參加的「遊戲研究會」。

也就是說——

「我是高坂桐乃！請多多指教！」

「我叫赤城瀨菜。初次見面，桐乃小妹！」

事情就是這樣。

要再說明一下的話……今天是夏Comi最後一天的午後。

購完物後休息了一下並且會合，大家決定一起去吃飯——就是這樣的狀況。

只不過，這次我們身邊的人都沒有參加社團。

因為桐乃和瑠璃以及遊研的成員們都各有自己的事情要忙。

像是製作遊戲、執筆劇本、消化累積的遊戲、約會等等——總之就是很多事啦。

最重要的是明天桐乃就要再次出發去國外了。

創造最後的回憶——雖然不想用這種說法，不過事實是如此。

上午跟「宅女集合」的成員一起逛會場，全力地享受活動。

當然我也包含在內。

現在我們跟遊研會合，為了前往用餐的地方而在國際展示場車站旁邊移動中。在沙織帶領下邊往前走邊自我介紹。

在這樣的情況中，最顯眼的果然還是桐乃與瀨菜。

尤其桐乃雖然是短袖的輕裝，但是卻十分俏麗。

明明夏天會因為穿在身上的服飾減少而很難差別化。

真不愧是人氣讀模大人。

或許真的應該稱讚跟桐乃並肩後，瀨菜某種程度上還能與其分庭抗禮的美少女容貌。

「哎呀，嚇我一大跳！高坂學長竟然有這麼可愛的妹妹！雖然曾聽說過……但超乎我的想像！」

「我也從哥哥那裡聽說過赤城小姐的事情。是這個傢伙的同班同學兼朋友——」

桐乃的手臂用力繞過瑠璃的肩膀。

就像是要主張「我們的感情比較好喲」一樣。結果瑠璃皺起眉頭……

「快放手。很熱耶。」

「咦？有什麼關係嘛。」

「真是的……妳這個人……」

嘴裡雖然這麼說，但看起來並不排斥。

見到這樣的對話之後，瀨菜似乎察覺到許多事情。她輕笑一聲後表示：

「我也想跟桐乃小妹當好朋友。就像面對瑠璃時那樣，相處時不用把我當成長輩。」

「那麼，可以叫妳『小瀨瀨』嗎？」

「啊，那是我的綽號嗎？當然ＯＫ嘍。」

「很上道嘛，小瀨瀨。感覺跟妳很合得來。」

「我也這麼覺得～～～～！」

桐乃＆瀨菜啪一聲互相擊掌，擺出志氣相投的姿勢。

果然如此。我就知道讓這兩個傢伙見面一定會變成這樣。

「桐乃小妹，馬上來聊阿宅話題吧！」

「好喲，我想盡快加深交情，可以盡全力聊嗎？」

「呵呵呵……我們是隱性御宅族同伴！我決定一整年裡只有今天是可以解放一切的日子！」

瀨菜顯得威風凜凜。

從桐乃的束縛當中解放出來的瑠璃，臉上浮現「這下情況似乎會變得很糟糕」的表情。

另一方面，桐乃則是眼睛閃閃發亮……

「真的嗎？小瀨瀨，妳可能會嚇到哦？」

「放馬過來吧！無論是什麼話題我都可以接受！相對地，我的性癖好和又臭又長的內容妳也都會接受對吧！」

「好喔，交給我吧！我發誓絕不退縮！」

一對糟糕的搭檔逐漸成形了。

半瞇著眼睛的瑠璃，踩著無聲的腳步與這兩個傢伙拉開距離，直接來到我身邊。

「這裡很危險喲。我們快離開吧，京介。」

「嗯……緊急避難，撤退。」

我們隨即逃往領頭集團。

目擊噁心宅女×2，超越整個人愣在現場的真壁學弟……

「妳很有一套嘛！知識豐富到難以相信年紀比我還小……！」

「呵呵呵，三浦先生才是厲害！交換到很棒的情報了！」

社長正在跟沙織說話。這邊也討論著深度的御宅族話題而顯得相當熱絡。都是御宅族集團的領袖，可能很合得來吧。

宅女集合與遊研的交流會看來進行得很成功。

祭典結束，一切告一段落。

我突然抬頭看向萬里無雲的天空，全力伸長手臂。

「啊啊——……………今天也好開心。」

「嗯，是啊。」

我的呢喃得到了回答。

是心愛的人的聲音。

「今年的夏天……每天……都好開心。」

這句話絕非謊言。即使事後再次回顧，也可以知道沒有一絲虛假。

真的。真的真的真的……

今年的夏天，全是特別——

而且開心的事情。

只不過……是啦。還是有無可迴避，令人感到寂寞的事情。

也是唯一的一件事。

——那個時刻終於來臨了。

隔天早上。

高坂家所有人聚集在玄關前面。

「……隨時都可以回來。」

「我想桐乃應該沒問題，要記得經常聯絡喔。」

並肩而立的雙親，各自對著女兒搭話。

「嗯，謝謝……爸爸、媽媽。」

沒錯。今天早上是桐乃再次出發到國外的日子。

「倒是爸爸！一段時間後就會回來了，別露出那種表情嘛。」

「……我才沒有動搖。」

老爸不高興地說著謊。他的表情——算了，還是不要形容吧。

桐乃瞄了我一眼，接著丟出簡短的道別。

「你要注意身體啊。」

「妳也是。」

「咿嘻嘻……」

「怎樣啦。」

「沒什麼。」

兄妹之間毫無意義地笑著。

搞什麼嘛。到了這個時候才像是普通的兄妹。

唉……真是受不了這個傢伙。

「好了，快點去吧。」

發出「噓噓」聲並且用手趕桐乃後，她便露出虎牙咧嘴笑著說：

「你跟妹妹道別後快哭出來了吧？所以才趕我走。我都知道啦。」

「不用特別說出來。這是彼此彼此吧。」

「…………」

接著就吸了一下鼻子。

你問是誰吸的？誰知道！自己想像吧！

抱歉，我就是愛鬧彆扭的哥哥。

就算到了最後——還是無法老實地表達出心情。

「好！」

桐乃像是要甩開什麼般打了一下自己的臉頰，然後抬起臉來。

接著……

「我走了————！」

元氣十足地出發了。

和上次完全不同，是相當瀟灑的啟程。

特別的日子剩下不多了，正因為這樣才要更加珍惜每一天。

這種事情，只要活超過十年以上就一定會了解。

到了這個時候才想起——不對，是體會到這件事。

雙親回家之後，我又眺望著桐乃離去的方向好一會兒。

——唉……我怎麼會如此依依不捨。

這時從妹妹轉彎的轉角出現某個人物的身影，朝我這個丟臉的傢伙走來。

「……瑠璃？」

往這邊走過來的是我的女友——五更瑠璃。

身上穿著常見的黑衣，踩著沉重的腳步來到我的身邊。

然後呢喃了一句：

「……走了呢。」

「是啊。」

為什麼這個傢伙會在這裡——我這麼想著。

然後丟出應該是正確理由的問題。

「妳也來送那個傢伙嗎？」

「嗯，剛好在前面遇見她了。」

「什麼嘛，那過來一起來送她不就好了。」

「是……沒錯啦。」

瑠璃似乎有什麼難言之隱。

「昨天，夏Comi結束時，已經跟沙織一起跟她道別了……其實原本不打算來這裡的。但是……果然還是想見她一面……回過神來時，已經來到你家旁邊……」

天生的負面思考發作，讓她想出來又不敢出來。

「當我還在猶豫時，桐乃就往這邊跑過來……來不及逃走就遇見她了。」

「哎呀呀。」

不知道該不該說，這很像瑠璃會做的事。

桐乃那個傢伙，腳程真的很快。運動白痴的瑠璃哪可能來得及躲起來。

她像是感到很羞恥般快速說道：

「被察覺是怎麼回事的桐乃盡情恥笑了。」

「我想也是。」

我也很不容易才忍住沒笑出來。

「最後的記憶竟然是那個……我真的是搞砸了。」

「下次回來的時候，再把它覆蓋過去就可以了。」

又不是這輩子不會再見面了。

「也是。」

兩個人一起看向遠方。

感覺靠著共有同樣的心情得到了安慰。
「話說回來……」
我刻意輕鬆地處理現在占據自己內心的感情，然後發出開朗的聲音。
因為不強行提振精神的話——我很可能會輸給那種心情。
「暑假也馬上就要結束了！還沒把它寫入『命運之紀錄』耶——」
「最後來創造一個深刻的回憶吧。」
她這麼說。
「被妳搶先說出來了。」
暑假的最後，做一件能成為一生紀念的事情吧。
看來我跟瑠璃有同樣的想法。
「呵呵。」
她露出不符合個性的天真爛漫笑容……
「我已經訂好計畫了。你願意聽嗎？」
「當然了。難得有這個機會，要到我家來嗎？」
我是以輕鬆的心情提出。但瑠璃卻露出深思熟慮的表情……
「……今天，你的爸媽在家吧……沒有準備『作為女友』前來打招呼的禮品，這樣沒關係嗎？」

「太誇張了啦！」

明明我到妳家去時，根本沒有給我準備的時間！

為什麼輪到自己時，就要做好萬全準備才跟我爸媽見面！

這傢伙確實會做這種事。

「因……因為……」

「好了，沒關係的——我們走吧。」

「呀！」

我拉著她的手往我們家走去。

桐乃才剛出發，突然就被介紹「兒子的女友」，老爸當時的表情可以說是一絕。老媽因為早就知道瑠璃的存在，所以用「終於在一起了嗎」的態度笑著。

……今天晚上一定會舉行家族會議了。

我早就有所覺悟了！反正遲早會出現這種情形的啦！

然後就讓瑠璃上樓來到我的房間，但是——

「…………………」

「…………………」

莫名的沉默卻籠罩在我們之間。

兩個人只是站著並凝視著對方。明明還有請對方坐下、端出飲料等各種事情要做啊——

「……啊……那個……」

怎麼辦？

我的腦袋似乎突然變得不靈光了。

之前就算讓「黑貓」進房間然後兩個人獨處，也都沒有變成這種狀態。因為——雖然是在意的學妹，但還沒有把她當成想交往的對象。

讓高坂京介的女友「五更瑠璃」進到房間並且兩個獨處……

竟然現在才是第一次。

兩個人應該是想起這一點了吧。

然後兩個人就因為太過於在意對方，才會變成這個樣子吧。

「…………」

「…………」

這時我突然注意到。

瑠璃的視線逐漸掃過我的身體。

明明沒有直接觸碰，卻有股搔癢的感觸瞬間傳遍全身。

喂，等一下！五更小姐！妳有色的視線太露骨了吧！

男女的角色逆轉了吧！

嗚！誰來教教我——

女朋友以性暗示的眼神看著這邊了！這個時候男朋友到底該怎麼做才好！

「…………………………………………………」

「…………………………………………………」

類似賭命決鬥般的極度緊張感。

中斷這一切的是「叩叩」——這種低調的敲門聲。

「嗚哇！」

不由得發出巨大聲音，自己讓自己嚇了一跳。

急忙跑到門邊把門打開後，看到臉上掛著做作笑容的老媽站在那裡。

「我拿飲料跟點心來了——」

我們家的媽媽看著我身後的瑠璃……

「妳慢慢玩沒關係！」

「……好……好的。」

依然直挺挺站著的瑠璃不停地點頭。

接著老媽對我竊竊私語：

「……為了不打擾你們，我們都待在樓下，你自己看著辦。」

接著豎起大拇指。

「………………………」

妳已經在打擾了。

再晚個一分鐘的話，大概已經開始十八禁的發展了喔。

雖然怨恨地這麼想著，但已經不再手忙腳亂，所以還是感謝一下她。

還有老爸！連你都因為在意而上樓來了嗎！

我清楚地看見你從轉角偷偷探出臉了！你這樣還算是警察嗎？

……門被關上了。

「……咳咳。」

我為了重新打起精神而乾咳了一聲。

「抱歉，老媽真的很吵……先坐下來喝飲料吧。」

「……嗯……好。」

雖然還是有那麼一點點尷尬，但總算是重新開始了。

休息了一陣子後……

「那麼……京介，開始關於我們『終焉計畫（Ragnarök plan）』的會議吧——」

瑠璃按照慣例以「命運之紀錄」的形式來展示。

——**和京介再看一次煙火。**

瞬間。

「————」

我有種強烈的似曾相識感。

在夜空中華麗綻放的火焰像是閃回一樣閃過腦海。

在宿營的地方，我向瑠璃告白時——

那個時候也有花朵般的煙火盛開，一定是受到那個時候的影響吧。

因為「煙火」這個關鍵字，讓印象深刻的記憶重新復甦——

一般來說應該是這樣。

但是……我也不會形容，總之就是有「並非如此」的感覺。

——**在這裡之外的某個地方，和妳一起看煙火的夢。**

只是普通的夢，不清楚為什麼會在那麼重要的場面說出這樣的話。

——會隨著火焰開始以及結束。

只不過是占卜，沒什麼好在意的。

所謂算命嘴，胡累累——明明早知道這個道理，為什麼我的心會產生如此大的動搖？

只不過是占卜的一句話，浮現在腦袋的角落而已。

簡直就像是知道有絕對靈驗的真正占卜存在一樣。

我把手放在劇烈跳動的胸口。

像是妹妹的某個人的笑容，朦朧地——

「——…………………京介？」

「…………咦？」

「怎麼了？一直在發呆……很熱的話，要不要打開冷氣？」

「啊，沒有啦，抱歉……沒什麼事。」

「是嗎？表情看起來不像什麼事都沒有。你流了很多汗喲。」

——難道說，我會通靈嗎？

什麼預知夢還是似曾相識感的。最近真的很多這種情形。

比如說，這就是一個例子。

到女友打工的地方探班……這絕對是我有生以來首次的經驗。

不知道為什麼，卻有種懷念的感覺。

就好像——之前也發生過這種事一樣。明明不可能有這種事。

「老實說……」

「嗯。」

瑠璃露出準備聽我說話的模樣，我則是開口表示——

「我是第一次跟女友在自己的房間獨處，所以想著會不會有十八禁的發展而感到緊張。」

「不……不要——突然說這種蠢話……你爸媽都在啊……」

「這我當然知道……不論是妳家還是我家，都不會出現完全只有我們兩個人的時機吧。老實說，我覺得這是讓人有點困擾的問題。」

「可……可不可以別一臉認真地……找我商量那種事……」

——沒辦法說出實情。

為了不讓青澀的女友追究，刻意丟出情色話題來把事情蒙混過去。

老實說的話，喜歡超常現象的女友一定會開心吧。

但是，為什麼說不出口呢？我自己也不知道。

「抱歉、抱歉。回到計畫的話題上吧——要去看煙火對吧。」

「…………真是的。」

她像是很傻眼般嘆了一口氣後……

「這個喲。」

瑠璃從包包裡拿出來給我看的，是煙火大會的宣傳單。

以日子來說算相當晚，已經是八月下旬。地點是在還算近的港口旁邊。

「很棒啊。我們就去吧。」

瑠璃說出「我們來做這件事吧」，然後我說「太棒了」表示贊成。

雖然誇張地說舉行什麼會議，其實大部分都這樣就結束了。

因為我根本就不可能拒絕她的請託。

「……我很期待喲。」

只不過……不知道為什麼。

不祥的似曾相識感一直在我胸口捲動，遲遲沒有消失。

就這樣，轉眼就到了煙火大會當天。

這個夏天我們所交換的「願望」……

一定只剩下一個或兩個了。

也就是說，今天晚上就是「暑假最後的活動」。

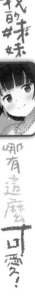

覺得有點寂寞耶。

不過，就算進入九月，只要繼續下去就可以了。之後就如此提議看看吧。

我目前是在傍晚的五更家。在玄關前面等待女友做好準備。

在這樣的情形中，遭遇到瑠璃的家人並且開始聊起天來。

只不過，聊天的對象有點問題。

「怎麼了，高坂小弟，看起來一副心神不定的樣子？」

操著爽朗且愛裝熟口氣的這個人——並非瑠璃的妹妹日向小妹。

「初次跟女友的媽媽見面，我覺得很緊張。」

「哎呀哎呀，真是老實。這時候你應該說——『期待心愛的女朋友會換上什麼樣的衣服出現』才對吧？」

是瑠璃的母親，五更瑠依小姐。和瑠璃不太像，給人日向小妹長大後把頭髮放下來的話大概就像這樣的感覺。

從丈夫靜先生總是散發出懼內的氣氛來看——我擅自對瑠依小姐抱持著「恐怖又嚴厲的大姊」這樣的印象。

實際見面之後，發現她是個很溫柔的人。

同時也是個似乎有點難搞——帶有神祕笑容的人。

感覺最近好像遇過給人這種印象的人，但是卻想不出來。
「抱歉，我太粗心了。不過，我當然也有這樣的心情。」
我以安全的發言進行著對話。
完全不清楚該跟女友的父母親說些什麼才是正確的。
為了拉開物理的距離而退後一步，結果黑貓的媽媽就往前逼近兩步。
然後發出「唔嗯唔嗯」的聲音來凝視著我的臉。
「……怎麼了嗎？」
臉很近耶？
「沒有啦～真的是瑠璃的男朋友耶。」
「我是瑠璃的男朋友啊。」
「你是相信占卜的人嗎？」
啊……這個人果然是瑠璃的媽媽。
對話經常被人比喻成跟傳接球一樣。
她是那種在傳接球時，毫無預告就笑著投出魔球的類型。
「那個……」
哪接得住啊！這種魔球根本無法立刻對應吧！

「老實說，我不太相信。」

一半是說謊。最近覺得占卜、超常現象——或許是真有其事。

「瑠璃喜歡占卜，所以我也試著去喜歡。」

「不相信占卜。但是，試著去喜歡占卜嗎——你為了不得罪別人，會仔細思考來選擇用詞遣字呢。」

「我自己覺得只是把想到的說出來而已。」

「是自然就能辦到這件事吧？誠實——然後有些神經質的地方吧。」

「那是占卜嗎？」

「是性格診斷——女孩子最喜歡的那個。有時會被跟占卜搞混——但完全不一樣。我不會真正的占卜。但是曾經見過真正的占卜師。」

是教導瑠璃占卜的「老師」嗎？

那傢伙的祖母——也就是瑠衣小姐的媽媽。她的朋友是占卜師之類的。

「她說我不會在這個家裡遇見瑠璃的男朋友。」

「咦？」

「占卜的結果是這麼說的。」

「現在不是就遇見了嗎？」

「是遇見了呢，哈哈。」

這場對話是怎麼回事？完全看不見主題。

如果是想品評女兒的男友，這樣實在太隨便了。

如果是沒有意思的閒聊又太意義深遠了。

該怎麼說呢——完全摸不著頭緒，整理不出個所以然來。

簡直就像她本人一樣。

所以這場對話作為「五更瑠依小姐的自我介紹」，倒是確實發揮作用了。

「嚴格說起來，這裡算是外面——所以或許不能說是『在這個家裡』遇見。」

這樣的她打開玄關的門，以脫力的動作對我招手……

「高坂小弟，到這裡來。」

「喔……」

照她所說的跟了過去，直接進入家中。

形成兩人站在玄關的態勢。接著瑠依小姐就把門關上。

「這樣我就在『這個家裡』遇見『瑠璃的男朋友了』。」

「占卜不準呢。」

「嗯，這是首次不準。」

「咦咦？」

「我也嚇到了。那個人從我小時候開始就幫我占卜過好幾次——今天還是第一次沒算準。」

「…………」

終於連接起來了。從剛才就繞了一大圈，還以為她在做什麼呢。

因為超級準的占卜表示「不會遇見瑠璃的男朋友」，今天卻跟我見面了。所以才會那麼驚訝嗎？

「我說，高坂小弟。這是怎麼回事呢？是因為什麼契機而改變了命運嗎？你覺得如何？」

「我不相信占卜。」

雖然努力去喜歡，但我不相信它。

最近逐漸覺得超常現象或許存在，但是——

「因此——」

正因為這樣，所以我的答案已經決定了。

「就算有撕裂我跟瑠璃關係的占卜，或者是沒算準……說得極端一點，那個占卜師究竟是不是真貨，對我來說根本就不重要。」

「你是說你不在意？」

「因為我要做的事情還是不會變。」

說出口之後，感覺輕鬆多了。

不知該說胸口的沉悶感整個消失。還是因此而下定決心了。

瑠璃雖然把我當成英雄般稱讚。但實際上我根本沒做什麼大不了的事。

只是經常拚命地完成想做的事情而已。

只是順勢完成凡人能夠做到的事情罷了。

不管是今天還是明天，都只會那麼做。

「目前就是今晚要創造最棒的回憶。」

「這樣啊。那就交給男朋友你嘍。」

「包在我身上。」

以依然殘留著緊張的聲音承接下任務。結果瑠依小姐就感到很有趣般發出「嗯嘻嘻」的笑聲，然後把視線移向走廊那邊。

「好像來嘍。」

「咦——」

我也看往跟她相同的方向。結果……

「…………讓……讓你久等了。」

在兩個妹妹作伴下，穿著浴衣的瑠璃從走廊深處走了過來。

身上穿著跟她名字一樣的瑠璃色浴衣。

一起走過來的珠希小妹，以著迷的表情往上看著長女。

日向小妹則是很驕傲地看著我。

——怎麼樣啊，高坂哥！你的感想是？

就是這樣的表情。

我陶然看瑠璃看得入迷——

「…………真的有輝夜姬。」

吐露出笨蛋般的感想。

「……咦……你在……說什麼啊……」

聽見我這麼說的瑠璃羞得低下頭去。

珠希小妹對我露出天真爛漫的笑容……

「姊姊很漂亮對吧？」

「嗯，超漂亮的。」

「笨……笨蛋。」

瑠璃用袖子遮住變得通紅的臉。

看來我的稱讚已經順利傳達出去了。

……都是託珠希小妹的福。

「那……那麼——我們走吧。」

「嗯。」

對著在晚霞當中一起出征的我們……

「路上小心，姊姊、哥哥。」

「好好加油喲——」

妹妹們發出了聲援。

回頭一看之下，連瑠璃的雙親都一起對我們揮手。

真的是幸福的一刻。今後像今天這種日子一定會持續下去吧——一想到這裡，胸口的感動就讓我快流下淚水。

我們往因為祭典而熱鬧非凡的港口前進。

夜晚的海洋。聳立的港塔是最顯眼的地點。為了從觀景台欣賞煙火，塔底已大排長龍。

「——看來是沒辦法去觀景台了。」

再次有奇妙的似曾相識感。我的心臟像在警告些什麼般猛烈跳動。

面對海洋的草皮上鋪了好幾塊野餐墊，上面擠滿了情侶與帶著小孩的家庭。

適度的微暗空間相當適合戀人到此約會。

我們一邊閒晃一邊對話著。

「有攤販耶——要吃些什麼嗎？」

「我不用了。」

「是嗎？妳肚子不餓？」

「嗯……啊。」

這時瑠璃像是注意到什麼般停下腳步。我立刻這麼說：

「買梅露露的棉花糖送給珠希小妹吧。」

「京介，虧你能知道我在意的東西耶。觀察力會不會太好了？」

「因為是心愛女友喜歡的啊。好了，我們走吧。」

「……真是的。」

我們自然地手牽著手前往攤販。

接著我們買了梅露露的棉花糖、到隔壁的攤販買了MASCHERA的面具，然後直接逛起其他攤販。

兩個人一起釣了水球。

我難得在打靶店射中獎品，並且把它送給女友當禮物。

在超貴的抽獎攤位抽中蛇的玩具。

由於瑠璃就快要沉迷於椪糖遊戲，我好不容易才讓她恢復理智。

然後——

我們依偎著來到海邊，再次一起抬頭看著煙火。

把夜空與海洋當成畫布，五顏六色的火焰之花在上面綻放。

「……好漂亮。」

「……嗯。」

我說的不是煙火。

「夏天要結束了。」

「是啊。暑假也沒剩幾天了。」

現在的我跟女友一定有著同樣的心情。

砰砰砰砰砰嗯——

盛大的連發煙火幫煙火大會畫下休止符。

周圍陷入一片寂靜當中。

舒服的沉默時間經過，最後感覺旁邊的身體動了起來。

回頭一看之下，瑠璃正紅著臉抬頭看著我。

「………怎麼了？」

「……………那個……」

細微但是拚命的聲音。

「……這個夏天跟我一起度過，你覺得如何……？」

真是個笨蛋。又在講這種軟弱的話了。

我仰望著夜空，開口說出真心話。

「要我說幾次都沒關係——實在太棒了。我絕對忘不了和妳一起度過的這個夏天。」

「……真的？」

「嗯。甚至變得比之前更加喜歡妳了。」

「…………謝謝你，京介。」

今夜又增加了一個回憶。是非常美麗且重要的寶物。

如果這是十八禁遊戲，應該是開始浮出Happy end的工作人員名單了。

等等，不對喔。還早了一點。

頁數剩下不多的「命運之紀錄」。

必須完成紀錄在上面的所有「願望」才行。

下一頁裡，她會對我許下什麼願望呢？

等不下去的我當場問道：

「接下來要做什麼？」

「——嗯，接下來是……」

瑠璃低著頭，取出寫著「命運之紀錄」的紙片。

然後隔了一陣子。平常的話，總是很得意且開心地展示給我看的「願望」。

到底怎麼了？

不祥的預感閃過腦海。

突然，一滴水滴落到她的腳邊。

當我注意到那是眼淚的瞬間。

「這個喲。」

她展示了最後的「願望」。

——和京介分手。

「……咦？」

「願望」的紙片離開她的手，開始在夜空中飛舞。

「…………………再見了。」

她單方面向我告別，接著轉過身子。

準備離開高坂京介身邊的瑠璃。

我只能茫然若失地目送她——

不行！

自己內心的聲音讓我的腳跑了起來。

不能在這裡讓她離開。

類似妄執的念頭，在意識之前讓我展開行動。

在腳步踉蹌的瑠璃混入人群之前，我抓住了她的手。

瑠璃轉過頭來。臉頰上還有淚痕。

她果然哭了。差點就讓哭泣且受到傷害的她離開我的身邊。

「……那……那個……」

最喜歡的女孩子發出幾乎快聽不見的聲音。那是拒絕我的聲音。
一想到這裡，手臂就像快失去力量。
但我還是不放手。
絕對不放。
「……………………」
她以帶著憂愁的表情低下頭去。
──剛才那是開玩笑的吧？
──妳說分手，到底是什麼意思？
──為什麼會流淚？發生什麼事了？
有太多應該問、應該說的事情了。
但是我卻……
「我不想分手。因為我喜歡妳。」
首先脫口而出的是單方面的自私願望。
被甩的男人經常會聽見的台詞。
丟臉、老土、難堪的台詞。
這我都知道！但是呢……！

我非常非常清楚那些丟臉傢伙的心情。

因為不想分手。因為喜歡。所以無法冷靜，在詢問對方原因前，就忍不住想把心情傳達出去。

瑠璃的嘴緩緩打開。

「……我……我……必須跟你分手……！不……不這麼做的話……！」

簡直跟悲鳴一樣。聲音因為焦躁而幾乎無法構成言語。

即使如此，我還是了解絕對有什麼原因。我必須想辦法解決才行。

「可惡……！」

該怎麼辦才好！我該對正在哭泣的女朋友說些什麼才好！

快點想！沒有什麼話嗎？一次就能讓混亂的瑠璃冷靜下來，問出究竟是怎麼回事的王牌！

怎麼可能有那麼方便的東——……

——**先把這個交給你。**

「瑠璃！」

還真的有。

「有個東西希望妳跟我一起看。」

「咦……？」

應該是因為這意料之外的話語吧。

盈滿她內心的混亂一瞬間停止了。她瞪大眼睛感到驚訝。

其實我也一樣驚訝。反而是我才真的是被嚇破了膽。

沒想到真的滿足了那個傢伙設定的「條件」。

我急忙從包包裡取出來的是「命運之紀錄」的活頁夾。

現在是輪到我保管。

暑假期間，我們所實行的各種「願望」。最後面……

夾著桐乃所寫的「記錄」封袋。

「……京介，這是——」

封袋的封面這樣寫著。

——黑貓說出要跟你分手這種莫名其妙的話時，你們兩個就一起打開。

可以說是完全符合目前的狀況。

難道說那個傢伙早就知道瑠璃會說出要跟我分手這種話了嗎？她預測到會有這種發展了？

不會吧？

原本認為這種條件絕對不可能滿足的……一輩子都不會看桐乃寫的「願望」了吧——現在到底是怎麼回事？

有什麼是我沒有看見的？有什麼是我沒有搞懂的？

雖然不了解，但我很清楚自己該做的事情。

已經符合開封條件了。那個傢伙留下來的「願望」，對我們出的「題目」——

必須兩個人一起看才行。

那個傢伙的「願望」很短。

——在看這些內容，表示狀況超不妙的吧？

——那仔細聽了。

——給笨蛋哥哥。

——不論黑貓說什麼都不能退讓。

——那個傢伙超喜歡你的。我可以保證。

——所以呢。

——要確實讓她說出煩惱並且加以解決。

——就像你對我做的那樣。

——給黑貓。

——老實說，我不知道……

——妳現在在想什麼、在煩惱些什麼。

——不過這也是當然的吧。因為不知道妳什麼時候才會看到這封信。

——雖然比哥哥厲害，但我也不是萬能的啦。

——所以只留下一個「願望」。

——看在我的面子上，跟他和好吧。

接著，最後……

——如果是妳，我願意叫妳「大嫂」喲。

感覺可以看到妹妹傲慢的笑容。

還可以聽見她得意的聲音。

「…………………………」

「…………………………」

我們默默地看著那傢伙留下的訊息。即使看完所有的文章，也還是一直盯著紙面，完全無法動彈。

回過神來才發現，瑠璃正在發抖。她咬緊牙根、呼吸紊亂並且流著眼淚。

剛才的訊息到底哪裡有讓她的感情出現這麼大動搖的要素呢？

不清楚的事情變成極大的罪惡感，自己像是承受著快要被壓扁一般的重量。

「……瑠璃？」

「……桐乃她…………」

她狠狠地瞪著我。然後直接……

「桐乃她喜歡你呀！」

把我不知道的事情轟過來。全力以不符她個性的巨大聲音……

「……妳說什麼？」

「高坂桐乃是以異性的身分喜歡著高坂京介！」

清晰且完全不給聽錯的空間來做出宣告。

「……怎麼可能……」

「如果你是認真地提出這種主張，那我會瞧不起你。」

她看起來不像在說謊。可以感覺到至少對瑠璃自身來說，那就是事實了。

「…………桐乃她喜歡我？」

「是啊。我們交往這件事深深地傷了她。所以她才會為了離開我們而再次到國外去——」

「——瑠璃。」

「你說——『桐乃是自己這麼決定』。但是，桐乃做出這個決定的原因就是我們……無法忍受自己喜歡的對象跟自己的好友交往…………因為我們在交往，桐乃才會離開的。」

——**「桐乃下定決心離開日本」！和「你們兩個人開始交往」不是毫無關係吧！**

事情全部說得通了。

…………**你什麼都不懂。**

綾瀨說得沒錯。

我真的什麼都不懂。

一陣熱流從胸口湧出，眼淚濕濡了我的臉頰。

「是桐乃這麼說的嗎？」

「怎麼可能。那個孩子不可能自己承認。但我就是知道。因為我們一直很親密。」

瑠璃以幾乎要咬出血的力道咬著嘴唇。

「……我是個卑鄙小人。那個孩子離開日本後……覺得痛苦、寂寞又懊悔。既然妳做出這種事，那我就搶走妳的哥哥——我想著這種過分的事情……」

瑠璃持續傾吐著懺悔。

「桐乃回來之後還炫耀、展示與你的關係……並且感到開心……在被那個叫做綾瀨的女生指責前，完全沒有注意到。不對，只是假裝沒有注意到。桐乃明明受傷而且那麼地煩惱……我卻因為跟首次交到的男朋友談情說愛而樂不思蜀。」

「所以才要跟我分手？」

「是啊。」

「把一切當成沒發生過？」

「是啊。」

「妳覺得……這樣一切就能恢復原狀嗎？桐乃受傷的心可以痊癒，那傢伙也會取消留學回到日本來？」

「…………不。」

沒錯，不可能這麼簡單。

對那個傢伙來說，我們的交往可能是促使她下定決心的重大原因。

但要是說光是這樣就決定到國外留學——對那個傢伙太失禮了吧。

怎麼可能對她說「我們分手了，妳快回來吧」！

所以就算我們分手也沒有意——等等，不是這麼回事吧。

這是瑠璃能不能接受、能不能原諒自己的情感面的問題。

然後還有另一個。如果不是我往自己臉上貼金…………

「妳這傢伙真是個笨蛋。」

「什……」

「我一直反覆地說著不是嘛——我喜歡妳啊。」

「是啊。但是在知道桐乃心意的現在，你還能說出同樣的話嗎？」

「我喜歡妳更勝於桐乃。」

「什……」

我毫不猶豫地這麼回答。我一定得這麼做才行。

我就老實說吧。我是個妹控。超級喜歡妹妹的。雖然嘴裡老是說最討厭她了——但那完全是謊言——其實是最討厭也最喜歡她了！

如果是半年前被提出同樣的問題，我一定會猶豫不決吧。可能沒辦法立刻回答，然後就被甩掉了。可能無法做出選擇甚至是回答。

我呢，就是一個這麼蠢的哥哥！

但是——但是呢！我以帶著哭腔，感到走投無路的聲音說：

「這半年來發生很多事情吧。」

「…………」

瑠璃沒有回答。但是應該正在跟我一起回顧才對。

從春天開始的，我跟黑貓的故事。

高坂京介與五更瑠璃的故事。

這個夏天的種種。

「我最喜歡瑠璃了。這是真的。」

「…………京介。」

「是真的。」

我搶先一步說出口。因為她總是不願意相信稱讚自己的言詞。

「但是……」

但是我不讓她說貶低自己的話。於是用真心話取而代之。

「就算妳討厭妳自己，我還是喜歡妳！」

「咦………」

聲音帶著越來越多感情，最後變得粗聲粗氣。

「不論是中二病、卑鄙、自己鑽牛角尖、丟下我去做些莫名其妙的大傻事！性格彆扭、每次都很會找麻煩——！包含這所有的缺點在內，我還是喜歡妳！我愛妳啊！如果妳對自己沒有自信，那我可以不斷地說給妳聽！」

滿溢而出的情感堆積起來，我宣告這個夏天最後的「願望」。

「我喜歡妳！所以永遠跟我在一起吧！」

瑠璃一直沒有給我回應。

豁出一切的我，當場差點跪下去，但還是撐住凝視著她的眼睛。

一抹眼淚從白色臉頰流下。

然後——

「好的。」

隨著回答交換了一個長長的吻。

煙火結束，星星在夜空中閃爍著。

就這樣，我跟她共結連理了。

有些不可思議的黑色少女。讓人不忍卒睹又相當可愛的，妹妹的朋友。

相遇時還是「黑貓」的她——

現在穿著純白婚紗，以「高坂瑠璃」的身分站在我面前。

沒錯。

那之後經過漫長的時間——

今天是我們的結婚典禮。

爽朗的陽光從教堂的天窗降下，照耀著新郎與新娘。

「——真是漂亮。」

說出真實的心情後，瑠璃就露出跟剛開始交往時相同的羞澀表情。

「……笨蛋，預演時不是看過很多遍了嗎？」

「和正式舉行完全不一樣喔。從以前開始，每當妳換上新衣服我都會覺得感動——但今天的瑠璃真的特別不一樣。」

心情一個放鬆，眼淚可能就要流下來了。

真是的——沒想到正式舉行典禮時，感情會受到如此大的動搖。

因為登記後一直到今天都是手忙腳亂。就連今天也是要記住典禮的流程、和家人一起預演，可以說忙昏頭了。

希望——典禮能順利結束。

光是想著這件事腦袋就快爆炸，根本無暇理會其他事情。

一直到剛才，我還在想結婚典禮就是這麼回事嗎？

結果真是大錯特錯了。

像現在這樣站在神職人員面前，凝視著成為新娘的瑠璃，就產生人生至今為止最強烈的感動。啊，糟糕，真的要哭了。

往上看著我這樣的表情，瑠璃透過頭紗對我微笑著說：

「可以哭喲。」

「妳才是哩。」

對方報以「呵呵」的笑聲。

——無論健康或是疾病……

——快樂還是悲傷……

——你都願意愛他、安慰他、尊重他、保護他……

——始終忠於他，直到離開世界？

——我願意。

交換完誓約與戒指，接著在結婚證書上簽名。

和登記日不同的沉重真實感湧出。

如此一來我們就是名實相符的夫妻了。

兩人在蠟燭上點火，儀式繼續進行下去。

然後——

我揭起新娘的頭紗，完成了誓約之吻。

在眾人的祝福中，新郎新娘漫步於會場當中。

花瓣雨以及清淨的光芒降落在前進的道路上。

兩家的父母親都哭了。

瑠璃的妹妹們相當興奮。

麻奈實帶著微笑注視著我們。

赤城與三浦社長、真壁與瀨菜等——同窗的友人們。

我的同事、瑠璃的職場——出版社的諸位。

看來很開心的，素顏的沙織。旁邊還能看到綾瀨的身影。

然後，當然。

還有長大後相當美麗的桐乃。

比任何人都為我們結婚感到高興，也給予我們祝福。

我跟瑠璃再也承受不住胸口湧出的情緒。

於是一邊笑一邊流著淚。

明明之後就要拍紀念照了啊。

因為這太犯規了。桐乃那個傢伙……竟然說出那樣的話。

——恭喜了，好友。

——恭喜了，老哥。

——謝謝妳，桐乃。

——謝謝妳喲。

我們如此呢喃著。

我和瑠璃並肩持續走著。

今後也會共同走下去。

時間繼續流逝。

DESTINY·RECORD

從犬槇島的家族旅行回來時，發現我們家的玄關已經被鞋子給掩埋了。

伴隨妻子跟兩個女兒來到客廳，就發現熟悉的臉孔已經聚在一起。

「才想說玄關怎麼這麼多鞋子——怎麼了嗎？」

「剛好大家都有空，好像可以聚一聚。所以我就找他們來了。」

從沙發上回答的是我的妹妹——高坂桐乃。

桐乃站了起來，往這邊靠近。

她依然有著閃閃發光般的美貌。雖然從以前就有超群的外表，但現在這樣只能說是女神了。光看外表的話啦——不過現在也不能這麼說了。

現在這個傢伙——哎呀，真要說起來話就長了。

「我回來了，桐乃姑姑。」

次女悠璃舉起一隻手來打招呼。

「哦，歡迎回來啊，悠璃。還有別叫我姑姑。」

被桐乃用粗暴手勢摸著頭的悠璃笑了起來。

「璃乃也歡迎回來。」

另一方面，長女璃乃則是——

「…………………………」

擺出完全無視桐乃姑姑的態度。

看見她這種樣子，瑠璃就發出輕笑聲。

「哎呀哎呀，桐乃——看來妳是被我們家的女兒討厭了？」

「啥？璃乃她是正值多愁善感的年紀。其實她超喜歡我的。對吧？」

「……哼。」

璃乃別過頭去。

「咦～？璃乃？怎麼對桐乃姑姑這麼冷淡～？」

即使以甜膩的聲音諂媚，也完全不被當一回事。

這樣的關係其實是有理由的——好像是桐乃從以前就很煩人地纏著年幼的璃乃，讓她到現在都很在意。雖然感覺應該不只是因為這樣……不過我也搞不懂啦。

「璃乃，無視別人很沒禮貌喔。好好地打招呼。」

「……好啦。」

長女做出不甘願的回答後，就傲慢地雙手環抱胸前來瞪著桐乃。

「哼，好久不見了，桐乃姑姑！」

「連妳都加了姑姑——好久不見。我這陣子都很閒，下次一起玩吧。」

「不要！」

隨著「呸」一聲吐出舌頭的長女，像是要逃離討厭的姑姑般朝通往二樓的樓梯跑去。

我可不想待在人多的地方——可以感覺到她這種強烈的主張。

唉……真是的，外表看起來真的跟以前的「黑貓」一模一樣——

跟當時的瑠璃相比，總是覺得更加孩子氣一點，或許是因為她是自己女兒的緣故吧。

還是跟以前的某個人同樣任性所致呢？

當我想著這些事情時，悠璃就以充滿精神的聲音對桐乃搭話。

「桐乃小姐，要再次說聲……至今為止真的辛苦了！」

「嗯，謝謝！嗯……悠璃總是充滿精神。很好、很好。」

沒錯。

桐乃到了最近才卸下田徑選手的身分。

作為日本人女性選手一直在第一線活躍的這個傢伙，加上那超群的外表，現在已經是人氣不輸給偶像的知名人物。

拍了不知道多少支廣告。應該說，那邊的電視就正在播出運動飲料的廣告。

賺的錢比我還多——散發出比我明亮許多的光芒——即使如此。

也不會再對她有偏見了。

因為我很清楚……這個傢伙有多麼努力、多麼拚命。

只有覺得驕傲。對於真心這麼想的自己也感到很驕傲。

「會讓人回想起來呢。」

瑠璃直接說出我內心的話。光是這樣一句話，桐乃似乎就了解是怎麼回事了……

「那個夏天嗎？」

「嗯。妳回到日本，然後再次到國外去時的事情。」

是啊。

那個時候，不論是對桐乃還是對我們來說都是一個轉捩點。

「呼嘻嘻，妳還特別跑來送我。真是太好笑了。」

「……吵死了。詛咒妳喲。」

她一定是刻意使用過去的表達方式吧。

數秒鐘的沉默。這期間不知道有多少的意見溝通。

「……呼嘻嘻。」

「……呵。」

兩個人同時笑了起來。

一起笑了一陣子後，桐乃就以誇張的動作指著整個房間。

「——所以，今天有一半算是我的退休派對吧？嗯……反正名目根本不重要，只是想跟許久不見的大家聚一聚而已！」

這時一名戴眼鏡的女性拿著飲料從廚房現身。

「高坂學長，好久不見了！」

「哦，是瀨菜嗎——歡迎。」

真壁瀨菜。舊姓是赤城瀨菜。

這傢伙大學畢業之後，到三浦社長創立的遊戲公司上班，幾年之後就跟她的同事真壁學弟結婚了。

當時浩平大哥整個人大暴動的一幕，就像昨天才發生過一樣鮮明地浮現在腦海裡。

「楓呢？」

「跟老闆他們一起在上面玩遊戲呢，說是——要讓優秀人才幫忙試玩。」

「這樣啊。」

已經不是社團的社長了。

是三浦絃之介老闆。老實說，當我聽見他要創立公司時，還真的有點擔心。

現在似乎已經成為製作有品味遊戲的公司而受到許多玩家的歡迎。

雖然好像偶爾會因為老闆的失控而製作出難以想像的Kuso game，但我卻因為這一點都沒變的情況而感到安心。

我仰頭看著天花板……

「希望那幾個傢伙別給人家添麻煩。」

「不不不，我們家的孩子也在一起，要說添麻煩的話，絕對是我們家那一個。老闆說是優秀人才，好像不是在開玩笑喔。」

「剛才我們家的任性女兒也上去了。」

「啊……」

瀨菜露出難以言喻的表情。

我們家的長女是優秀的麻煩製造者已經是眾所皆知的常識。

「——對了，瑠璃，妳還記得……『夏天的銀色』嗎？」

「怎麼可能忘記呢。」

「夏天的銀色」。那是那個夏天，我們遊戲研究會製作出來的文字遊戲。

「因為是那款遊戲改變了我的人生。」

經過宿營取材，在同一年的秋天完成的那款作品，在網路上的小型比賽中獲獎了。尤其受到好評的是劇本，包含瑠璃所寫的路線都被評為「優異」——

也就是說，首次有完全不認識的人對瑠璃的作品做出「有趣」的評論。

想起那個時候她在社團活動時大哭了一場。

而且不只是瑠璃，我還有瀨菜，以及其他社員也跟著哭了起來。

我們以洋芋片以及碳酸飲料來慶祝。

「夏天的銀色」現在依然是網路上經常被提起的名作免費遊戲。

「當時真的很開心——」

所有的一切都很完美。

那個夏天所有發生的事情都那麼地熾熱、光輝，然後有時也很危險。

雖然是令人有點害羞的台詞。

但我們享受著青春。

「——是啊。那算是我進入現在這間公司的契機了。沒有那款遊戲的話，我、老闆、楓和小璃一定會過著完全不同的人生吧。」

「一定是這樣。」

那個夏天的成功體驗，甚至改變了社員們的人生。

沒有製作「夏天的銀色」的話，瑠璃也就可能不會成為作家了。

大家都有滿滿的收穫。當然獲得最大獎的就是我了。

當我正感觸良多時，悠璃就發現某個人物……

「槇島小姐！妳早就來了嗎？好久不見～～～～～～！」

她高興到整個人像是要跳起來一樣。簡直就宛如與心愛的家人重逢般，跑過去緊抱住對方。

她的對象——槇島沙織溫柔地抱住悠璃，並且摸著她的頭。

「悠璃小姐，我們上個星期不是才見過面嗎？」

我們那個過去曾經是「沙織・巴吉納」的管理人，現在以秀麗大小姐「槇島沙織」出現的時候變多了。

——雖然偶爾還是會展現過往的姿態就是了。

「哎呀～～！不知道為什麼，我就感覺好像已經隔了好幾年！好想見妳喔～～～！」

「呵呵，我也是啊。」

沙織不知道為什麼，跟我們家次女的感情很好。

等等，不對。正確來說是這樣。沙織跟我們家所有人的感情都很好。

沙織的話應該只會給孩子們帶來正面的影響，所以我們也很歡迎她。

她在依然被悠璃抱著的情況下露出困擾的表情來看著我們。

「——歡迎回來。」

「嗯。」「回來了。」

很自然的對話。因為沙織對我們來說是跟家人一樣的存在。

「噯……那個……我也想跟現在的沙織一樣，以那樣的地位來面對小孩子們耶。也想聽見『好久不見』然後受到歡迎，再接受愛的抱抱耶。」

比沙織低等的存在好像在說些什麼。

「妳那麼忙，根本很少來我們家吧。」

「然後一來就纏著人家不放，還會舔人家的臉，根本沒有受到小孩子歡迎的要素吧？」

「咕嗚……明明每次都帶很棒的禮物回來啊……！」

這不是用禮物就能彌補的東西吧。

「老媽他們呢？」

「四個人一起去買東西了。」

如此回答的是日向小妹。

就跟過去我所想的一樣，長大後跟她媽媽一模一樣。

依然可愛動人的笑容，讓現場的氣氛整個開朗了起來。

所謂的四個人，指的是我的爸媽還有瑠璃的爸媽共四個人。

現在的高坂家，是由我跟瑠璃這對夫婦，還有長女、雙胞胎的次女，年紀間隔比較大的長男與三女這樣的家族構成。

長大成人後，結婚、生小孩、蓋房子然後從父母身邊獨立。

我應該稍微有所成長了吧？

以孩子們的眼光來看——我確實盡到父親的責任了嗎？

我不知道耶。現在才了解，養育我跟桐乃長大的雙親有多麼地偉大。

我們兩家的父母親——尤其是母親之間的關係特別好，經常在一起行動。

兩名父親似乎不知道該如何跟對方相處，到了現在雖然能正常地對話，但我們結婚後有好一陣子兩個人都顯得很尷尬。

「不過今天人真多耶。雖然是引以為傲的客廳，但所有人湊在一起的話就會變得很擠。」

「等一下綾瀨也會來。」

「人數還會增加喔？」

我正在擔心空間時……

「姊夫……」

一名和服的女性從沙發上站起來對我搭話。

原來是瑠璃最小的妹妹——珠希。

髮型沒有太大的變化，有著跟姊姊極為相似的伶俐面貌。已經成長為讓人讚嘆的美女了。

「連珠希都來啦。好像很久不見了吧？隔了多久？」

「自從五月的家庭訪問以來吧。」

家庭訪問。

沒錯。現在的她是小學教師——也是高坂家長男的班導師。

能夠讓如此可愛的老師教到，她們班的學生真是太讓人羨慕了。

然後，正如她所說的，春天曾經有一次家庭訪問。

「那個時候真的很抱歉。」

「不會，別這麼說。我才應該為自己是個不稱職的導師而道歉呢……」

當時曾經發生我們家長男在學校引發問題的事件。

我就開門見山地直說了吧，就是中二病的言行太過嚴重，在班上遭到孤立……就是這種似曾相識的情形。

怎麼說都是「黑貓」的兒子——也不是能說這種風涼話的時候。

因為兒子在班上遭到孤立的問題，到現在都還沒解決。

最近不知道是不是仍在叛逆期。完全不聽我說的話，璃乃又只想用暴力來解決跟弟弟之間的問題，悠璃也少見地不去阻止姊姊的失控。

雖然加以處理了，但只是治標而沒有治本。

目前就是這種狀況。

「別擔心。」

只有應該最了解兒子心情的瑠璃如此主張。

「因為那個孩子有這麼多可靠的後援。而且——」

妻子說道。

「那個孩子一定也會遇見『對我來說的你』啊。」

「……如果是這樣就好了。」

當我們凝視著對方時，桐乃就發出催促的聲音。

「那邊的恩愛夫妻！你們要調情到什麼時候？現在要開始播放有趣的影像了，快點坐下啦！」

「是是是，知道了啦。」

「現在就過去。」

我們夫妻一起走向在電視機前操作些什麼的桐乃。

「什麼有趣的影像？」

「小珠還是『第二代黑貓』時的黑歷史影片。」

「呀啊啊啊啊————！別……別這樣啊，桐乃小姐！」

珠希大聲喊叫。臉瞬間變得比蘋果還要紅。

「這……這這這……這是什麼恐怖的企畫！我沒聽說這件事啊！」

「因為我沒說啊。沒必要這麼抗拒吧？當時的小珠明明很可愛啊。」

「絕對不要！我的心會死亡！播放那些影像的話，我就再也不跟妳說話了！」

「……抱歉了，桐姊，還是住手吧。那真的是珠希的死穴。比被自己班上的孩子取了『豬拉稀老師』這個綽號時還要痛苦。」

「姊姊妳也不要多嘴啦！」

「嗯……既然日向這麼說，那就算了吧。」

成功阻止身穿黑色和服的中二病少女「第二代黑貓」的影像快要在客廳播放的事態，珠希鬆了一口氣發出「呼……」一聲。

我對妹妹丟出了疑問。

「妳是從哪裡找到這種珍貴的影像？」

「想在今天的派對使用，所以找出攝影機，結果裡面就有這樣的影像。」

說完後桐乃就舉起小型攝影機。然後按下攝影鍵，首先開始拍攝起自己的影像。

「我是高坂桐乃！想把現在的心情保存在攝影機裡！那個夏天——決定認真地練田徑，也認真地一路努力過來——然後終於告一段落了！現在！我的人生沒有任何後悔！有種『我順利完成了喲！』的想法——同時也覺得『不過一切還沒有結束喲！』。另外也有——『今後大家也要注意我喲～～！』的心情！希望未來的我看見這段影像就能夠想起『現在的心情』！」

桐乃一口氣說到這裡，然後把用來自拍的攝影機反轉過來。

她拍的是瑠璃的臉。

「妳又是如何？」

「咦？」

「現在的心情！」

突然被攝影機對準，整個人愣住的瑠璃……

「這個嘛……」

馬上露出笑容，清楚地回答：

「很幸福喲。因為能夠跟很棒的家人在一起。」

「那太好了。」

小孩子時互相許下的約定，終於達成了。

那之後經過漫長的時間，好幾個年頭過去了，但桐乃跟黑貓現在依然在一起。

「爸爸！我也要去姊姊他們那邊！」

「嗯，如果在給老闆他們添麻煩就阻止他們。」

女兒回答了一聲「好～」。

我跟瑠璃的孩子跑掉了。

以百感交集的視線看著這極為普通的日常。

只希望，那幾個傢伙——

也能有不輸給我們的，奇蹟般的故事。

難易度。Nightmare hard。

操作著漆黑的搖桿擊墜多數敵機。

從容地迴避宛如驟雨般來襲的敵彈。

中彈率是零。Stage Clear。更新最高分數。

以粗暴的手勢扯下ＶＲ頭戴裝置，我的視界就從戰鬥機的駕駛艙回到自家房間。

「感想呢？」

「完全不行。難度太高了。」

「你不是完美過關了嗎？」

「我認為即使是原始難易度也會讓休閒玩家陷入苦戰。不要讓敵人從死角射擊比較好。」

「看吧！果然是這樣！人家都這麼說了喔，老闆！」

「咕唔……但……但是呢。ＳＴＧ的話，加入一些初見殺可以說是浪漫……或者該說是形式美……被一次破關的話會很不甘心吧？」

「不是說過好幾次，請捨棄這樣的想法了嗎！」

幾個成熟的大人，像是小孩子一樣吵著架。

我覺得這樣的他們，比學校那些傢伙要好多了。

當我浮現笑容時，突然間有人從後面一把抓住我的頭。

「好痛……搞什麼？」
粗聲叫著並且往後看去，就看到紅髮少女以豪爽的笑容看著我。
「嘿！遊戲測試結束了吧？到外面去玩吧！」
「我不要。妳怎麼不自己去？」
雖然全力露出困擾的表情這麼說著，但那個傢伙卻完全不氣餒。
也不解除犯規的鐵爪功。
「你一直都躲在房間裡吧！明明是男生卻這麼瘦弱！將來是想變成像我們家的爸爸那樣嗎？」
「我本人就在這裡耶！」
「爸爸你別吵。好了，小京，我們去踢足球！你也不是討厭運動吧！之前不是一起加入足球隊了？」
手臂被對方扯著。由於腕力比不過她，所以抵抗也沒用吧。
默默隨對方擺布後，房門就被快速打開，更麻煩的傢伙登場了。
「——妳別帶走我用來打發時間的道具好嗎？」
「嗚咿！妳回來了！」
「……姊姊，歡迎回來。」

「哼哼哼……我回來了！那麼——繼續上次進行到一半的對決吧！」

姊姊以純熟的手勢啟動遊戲機。絕對得接受我的要求！你的行程關我屁事——所有動作都傳達出這種堅定的意思。

無法違逆的暴君。我們家的大姊就是這樣的傢伙。

興趣與屬性跟我很合算是不幸中的大幸。現在穿著的漆黑無袖背心與短褲都是姊姊給我的。雖然這是祕密……不過我也學習著她很酷的言行舉止。

「喂！別擅自決定好嗎！這傢伙要跟我到外面去玩了！」

「哼！快回去吧……接下來這裡將舉行『超越者』的宴會！不是像妳這樣的『普通人』所能踏入的領域！」

「嘎——又開始了！別把弟弟捲入妳不堪入目的興趣。自己一個人玩吧，笨蛋！」

全力吐出舌頭來嘲弄對方。「噗嘰」一聲，姊姊額頭上浮現血管。

「好大的膽子！」

暗之暴君ＶＳ母猩猩的對戰馬上就要開始了。

這個時候——

「好了，到此為止！」

二姊現身，看起來很輕鬆般仲裁了這次的決鬥。

我實在不知道該怎麼跟這個臉上總是掛著笑容的姊姊相處。

真要說的話，這個人是「光之眷屬」。跟「暗之眷屬」的我是水火不容的存在。

「璃姊妳也真是的，竟然認真地跟小學生吵架。我覺得這樣真的很瞎喔。」

「認真的嗎？少說蠢話了。對於身為『神』的我來說，小學女生就跟灰塵一樣。只是調侃她一下而已──那麼，京真！跟姊姊玩吧！」

「不不不，小京已經決定跟我這個悠璃姊一起玩了。雖然對兩位很抱歉，還是希望妳們能識相一點──就是這樣，弟弟啊，跟姊姊來做些像約會的事情吧♡」

超煩人。

我只有這個感想。

過去我的同學曾說過很羨慕我有這麼漂亮的姊姊──但那傢伙真是個大笨蛋。

她們只會讓人覺得煩。而且是超煩。總之就是很煩。真希望討人厭的她們能消失。

對弟弟來說，姊姊就是這樣的存在吧。

當我準備全力丟出拒絕的發言時──

「……呼啊。」

妹妹醒了。

我們兄妹都有一頭漆黑頭髮。

和曬黑的我不同，她的肌膚像雪一樣白。大腿上縮著兩隻小黑貓。

今年七歲的她，是這個家裡——唯一比我小的柔弱存在。

我跟這個傢伙約好，遊戲測試結束後要陪她玩……

……應該是等累了，忍不住就跟兩隻貓一起睡著了吧。

「呼啊啊～～～～」

這樣的妹妹，似乎因為笨蛋姊姊們的吵鬧而醒過來了。

打了一個大大的呵欠後……

「……哥哥，工作結束了嗎？」

「……呃，嗯……剛剛結束了。」

「那來玩吧。」

「————————」

為什麼呢。

只有對這個傢伙不會浮現貶低的言詞。

被這雙眼睛凝視的話，就完全無法說謊了。

所以我不論何時都是這麼說的。

「唉……真拿妳沒辦法。」

「大家一起玩吧。」

「嗯。」

我好像太晚報上姓名了。

我叫高坂京真。是暗之眷屬「黑貓」的血與靈魂的繼承者。

逃離世俗的羈絆，隱藏於己身領域的存在是也。

近況報告——

想要反抗雙親。雖然跟姑姑不是很熟，但不討厭溫柔的她。

霸凌老師的同學都是蠢貨。青梅竹馬是母猩猩。

想跟兩個姊姊分居。

——妹妹很可愛。

後記

我我是伏見つかさ。謝謝您購買這本《我的妹妹哪有這麼可愛⑯　黑貓if下》。

我是以讓黑貓極盡幸福之能事的念頭來創作本篇故事。

大家能夠喜歡的話，我會很高興。

綾瀨if的漫畫版是跟本書同一天發售。（註：此指日版）

就算撇除原作者的私心，它依然是一部非常棒的漫畫作品。

請大家務必一讀。

二〇二一年一月　伏見つかさ

續・魔法科高中的劣等生

魔法人聯社 1 待續

Kadokawa Fantastic Novels

作者：佐島 勤　插畫：石田可奈

《魔法科高中的劣等生》續篇開幕！
最強魔法師達也將捍衛魔法人的人權！

以壓倒性的能力成為世界最強的司波達也，在風起雲湧的高中生活落幕後，為了實現新的遠景而成立社團法人「魔法人聯社」，要為魔法人的人權展開捍衛行動！《魔法科高中的劣等生》續篇，將以「魔法人聯社」為主要舞台展開新篇章！

NT$220/HK$73

男女之間存在純友情嗎？（不，不存在！）1 待續

Kadokawa Fantastic Novels

作者：七菜なな　插畫：Parum

討論度破表！
摯友以上，戀人未滿的青春戀愛喜劇！

至今還沒談過初戀的High咖女子犬塚日葵，以及熱愛花卉的植物男子夏目悠宇，就算升上高二，還是一樣在只有兩人的園藝社中當著摯友。然而，悠宇跟初戀對象重逢，使得兩人間的關係開始失控？究竟「懂得戀慕之心」的日葵，能否擺脫「理想摯友」身分？

NT$240/HK$80

魔王學院的不適任者~史上最強的魔王始祖，轉生就讀子孫們的學校~ 1~6 待續

Kadokawa Fantastic Novels

作者：秋　插畫：しずまよしのり

不知是偶然還是某種因果，
究竟是真實還是謊言——

為了回想起轉生時缺失的記憶，阿諾斯潛入自己的過去。夢中的自己比現在稍微稚嫩且不成熟，但是為了守護重要的妹妹挺身而戰。與此同時，阿諾斯來到神龍國「吉歐路達盧」，統治該國的教宗戈盧羅亞那卻宣稱亞露卡娜是創造神米里狄亞的轉生！

各 **NT$250~320/HK$83~107**

智慧村的座敷童子 1~9（完）

Kadokawa Fantastic Novels

作者：鎌池和馬　插畫：真早

《魔法禁書目錄》作者堂堂獻上
新風格妖怪懸疑劇完結篇登場！

大家好，我是陣內忍。請問大家喜歡胸圍九十八公分的黑髮美女嗎？哇哈哈哈！緣總算變成我的女友了！可是，那傢伙也是導致人類滅亡的元凶——染血的座敷童子。不過，我無論如何都不可能捨棄她。我還是要試著力挽狂瀾！來個最後的大逆轉吧！

各 **NT$220~300/HK$68~100**

末踏召喚://鮮血印記 1~9 待續

Kadokawa Fantastic Novels

作者：鎌池和馬　插畫：依河和希

關鍵就在於兒時的恭介以及「妹妹」的真相……
系列最大的謎團將在此揭曉！

理應已經死亡的召換師信樂真沙美出手介入，讓城山恭介與「白之女王」免於爆發一場致命性衝突。女王為了避免摧毀恭介生存的整個世界，於是踏上「了解人類之旅」。祂究竟能不能接納召喚師、憑依體、凡人以及恭介？

各 **NT$240~280/HK$75~93**

三角的距離無限趨近零 1~6 待續

Kadokawa Fantastic Novels

作者：岬鷺宮　插畫：Hiten

我愛上的那個女孩體內住著兩個靈魂——
與雙重人格少女譜出的三角戀愛故事。

秋玻與春珂人格對調的時間再次開始縮短。我能跟她們兩人在一起的寶貴時光，以及雙重人格都要結束了。然而，為了我自己，也為了她們兩人……我還是要做出抉擇。不久後，我在她們兩人身後隱約見到的「那女孩」是——

各 **NT$200~220/HK$67~73**

你喜歡的不是女兒而是我!? 1~3 待續

Kadokawa Fantastic Novels

作者：望公太　插畫：ぎうにう

笨拙的愛情攻防戰逐漸激烈失控！
超純愛愛情喜劇第三彈！

自從住在隔壁的左澤巧向我告白以來，彼此間的距離便急速拉近。沒想到女兒美羽居然向我宣戰……究竟由誰來和阿巧交往？一決勝負的舞台，是三人同行的南國之旅——泳裝對決及房間的家庭浴池。雖然不知道美羽有何意圖，但我也不能就此袖手旁觀——

各 **NT$220/HK$73**

反派千金轉職成超級兄控 1~3 待續

Kadokawa Fantastic Novels

作者：浜千鳥　插畫：八美☆わん

為了替兄長慶祝，
優雅且冷酷的宴會即將展開——

　　暑假將至，葉卡堤琳娜與阿列克謝打算回到公爵領地，屆時將舉辦慶祝兄長繼承爵位，也是葉卡堤琳娜首次亮相的慶宴。然而公爵領地至今仍瀰漫著祖母遺留的黑暗面，更有傲慢無禮的分家和螺旋捲反派千金……！凡輕蔑兄長大人者，概不輕饒！

各**NT$200/HK$67**

THE KING OF FANTASY 八神庵的異世界無雙

看到月亮就給我想起來！ 1~2 待續

Kadokawa Fantastic Novels

作者：天河信彥　監修：SNK　插畫：おぐらえいすけ（SNK）

魔王……？
別以為能死得痛快！

背負可能身為魔王的嫌疑，八神庵在亞爾緹娜及莉莉禮姆的隨行下，動身前往希加茲米魔導王國。與此同時，冰龍杜藍鐵眼看就要遭到某個男人給擊斃。而這個身纏紅蓮之炎的男人，名字竟然是魔王草薙……？

NT$220/HK$73

國家圖書館出版品預行編目資料

我的妹妹哪有這麼可愛!. 16, 黑貓 if. 下 / 伏見つかさ作 ; 周庭旭譯 .
-- 初版 . -- 臺北市 : 臺灣角川 , 2022.04
面 ; 公分 . -- (Kadokawa fantastic novels)
譯自 : 俺の妹がこんなに可愛いわけがない . 16, 黑猫 if. 下
ISBN 978-626-321-340-1(平裝)

861.57 111001894

Kadokawa Fantastic Novels

我的妹妹哪有這麼可愛！ 16

黑貓if 下

（原著名：俺の妹がこんなに可愛いわけがない 16 黑猫if 下）

２０２２年４月27日　初版第１刷發行
２０２４年７月29日　初版第４刷發行

作　者：伏見つかさ
插　畫：かんざきひろ
日版設計：伸童舍
譯　者：周庭旭

發行人：台灣角川股份有限公司
總　監：呂慧君
總編輯：蔡佩芬、朱哲成
主　編：林秀儒
設計指導：陳晞叡
印　務：李明修（主任）、張加恩（主任）、張凱棋、潘尚琪

發行所：台灣角川股份有限公司
地　址：１０４台北市中山區松江路２２３號３樓
電　話：（02）2515-3000
傳　真：（02）2515-0033
網　址：www.kadokawa.com.tw
劃撥帳戶：台灣角川股份有限公司
劃撥帳號：19487412
法律顧問：有澤法律事務所
製　版：巨茂科技印刷有限公司
ＩＳＢＮ：978-626-321-340-1

ORE NO IMOTO GA KONNANI KAWAIIWAKEGANAI Vol.16 KURONEKO if GE

Edited by 電撃文庫
First published in Japan in 2021 by KADOKAWA CORPORATION, Tokyo.
Complex Chinese translation rights arranged with KADOKAWA CORPORATION, Tokyo.